新潮文庫

やがて訪れる春のために

はらだみずき著

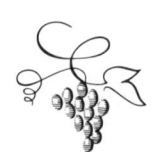

新潮社版

11736

目次

カット　大野八生

やがて訪れる春のために

立春　記憶の花

会社帰りに花屋の前でふと足が止まった。

――なぜ花だったのか？

自分でもよくわからない。

近しい人にめでたいことなどない。だれかを訪ねる予定はない。手向けるべき故人に思いを馳《は》せたわけでもなかった。

花を買おう、などと思いついたのは、小学六年生以来のことだ。あれは五月の第二日曜日、母の日だった。学校から帰るとおこづかいの百円玉を握りしめ、近所の花屋へ向かった。店先に季節の花苗を並べた小さな店は、同級生の両親がやっていた。

透明なフィルムで包装された細い茎《くき》を折らないよう、大切に持ち帰ったのは、一輪の赤いカーネーション。その花は、いつも仕事で帰りの遅い母ではなく、毎日食事やおやつをつくってくれる祖母に手渡した。当時、父方の祖父母の平屋に、狭いながらも二世帯が仲よく同居していた。

「まめ子、ありがとね」

祖母は目を細め、赤いカーネーションを青磁《せいじ》の一輪挿《ざ》しに手早く生け、食事をする居間のテーブルに飾った。

以来、村上真芽《むらかみまめ》の人生において、花屋で花を買う機会は訪れなかった。あの頃、家の庭に咲く、たくさんの花に親しんでいたというのに。

初めて足を踏み入れた駅前の花屋は、色とりどりの花と、むせかえるほどの香りにあふれていた。それに気圧《けお》されたせいかもしれない。ワゴンの片隅にとり残されたように置かれた、鉢植えのミニサボテンを手に取っていた。

花は、言ってみれば、人生に必ずしも必要なものではない。

ではどうして、人は、花を愛《め》でるのだろう。

殺風景なひとりの部屋にたどり着いてわかった。花屋の前でふと足が止まったのは、だれかのためではない。自分の心が、からだが、そして記憶が、花を求めていたのだ。

村上真芽は、都内の女子大の家政学部を卒業後、東京に本社を置く洋菓子メーカーに就職した。ところが希望した商品開発の部署ではなく、総務部に配属されてしまった。料理が好きで、栄養学科で学んだ真芽にとっては、かなりショックだった。

それでも日々与えられた仕事と真摯《しんし》に向き合えたのは、夢があったからだ。それはカフェの開業。学生時代からの友人で、社会人向けのパティシエ専門学校に通う吉村《よしむら》さおり、さらに同期入社で真芽に似て内気な印象の小宮克己《こみやかつみ》も話に乗ってきた。克己がコーヒー豆の自家焙煎《ばいせん》が趣味だと知り、カフェの計画を話したところ意気投合し、二人で時間を共にする仲になった。

週末には、真芽と克己、さおりと彼氏の四人でカフェ巡りにも出かけた。

カフェの出店場所は、真芽のお気に入りの北鎌倉周辺がすでに候補に挙がっていた。真芽は時間ができるとひとりでも足を運び、夢をふくらませていった。カフェ開業に関する本を何冊も読み、関連のセミナーに参加した。同時に生活費を切り詰め、必要となる資金を貯《た》めていった。

就職して二年が過ぎると、オープンする店の賃貸物件について具体的にあたりはじめた。そんな矢先のことだ。たまには鎌倉の別のエリアも見てみようと、海のほうへ足をのばした六月下旬、真芽は思いがけない光景に遭遇する。

あろうことか、親友のさおりと、将来のパートナーになるかもと思いはじめていた克己が、仲むつまじく、江ノ電の駅から歩いて来るではないか。二人はまったく真芽に気づかず、ひとつ傘の下、寄り添いながら見つめ合っていた。

あきらかに一線を越えた親密さの二人の姿を目撃した真芽は、予定を急遽《きゅうきょ》変更し、由比ヶ浜《ゆいがはま》の古民家カフェではなく、ある場所へ向かった。それは大好きな鎌倉のなかで、一度も足を踏み入れていなかった、アジサイの咲く東慶寺《とうけいじ》。言わずと知れた、縁切り寺である。

その日のうちに、真芽は克己に別れを告げ、さおりとは連絡を断った。するといつもはおとなしい克己に、思いがけない言葉を返されてしまった。

数日後、真芽は一身上の都合を理由に、会社に退職願を提出した。

駅前の花屋の前でふと足が止まったのは、その日だった。

いっこうに花を咲かせる気配のないミニサボテンが、部屋の窓辺に置かれた約七カ月後、祖母の村上ハルが入院したと母から連絡があった。左足の大腿骨《だいたいこつ》を骨折し、救急車で運ばれたという。同居していた真芽たち家族が家を出てから、祖父が亡《な》くなり、ハルは長いあいだひとり暮らしをしていた。

真芽たち家族が引っ越したのは、真芽が小学校を卒業した直後のことだ。手狭《てぜま》になった家の建て替えに関して、祖父母と両親のあいだで、いざこざが起きたらしい。理由は詳しくは聞かされず、真芽や弟にとっては予想外の展開となった。

真芽自身は、学校にとくに親しい友人がいたわけではなく、地元の中学校への入学を強く望んでいたわけではない。千葉の田舎より、少しでも都会に近づきたくもあった。それでも長年暮らした祖父母との突然の別れは、やはり悲しい記憶として、タツノオトシゴのかたちに似た脳の一部、海馬《かいば》にしっかり貯蔵された。

その一件により、祖父母とは疎遠《そえん》になった。真芽たち家族は、しばらく幕張《まくはり》のアパートで暮らし、その後、同じエリアのマンションを長期ローンで購入し、移り住むことになった。

それから真芽がハルと再会したのは、急性心不全で他界した祖父の葬儀の場になってしまった。高校生になって背がのびた真芽から見ると、老いたハルは逆に縮んでしまったように小さく見えた。以降、大学入学、成人式、就職など、人生の節目で祖母とは会っていたものの、六人で暮らした、思い出の詰まった家には一度も帰る機会はなかった。

入院の連絡を受けた母との電話では、「見舞いに行こうか？」と真芽のほうから切り出したが、「いいのいいの、手術はうまくいったみたいだから、落ち着いたらお願いするかも」と言われ、真芽はその言葉に従った。

「それより仕事のほうはどうなの？」と聞かれ、「うん、なんとかね」とごまかした。

「たまには帰ってらっしゃいよ」

母の電話の本当の目的は、音沙汰《おとさた》のない真芽の暮らしぶりを探ることだったのかもしれない。

「そうそう、一日早いけど、おめでとう」

電話を切りかけたとき、母が言った。

「え？」

まったくめでたくない状況の真芽は声を漏らした。

「明後日《あさって》は立春。明日は節分、あなたのお誕生日でしょ」

「――もう春なのか」

思わず真芽はつぶやいた。

せっかく貯めた貯金を食いつぶし、自堕落な暮らしを続け、二十五歳となった真芽が、幼少時代を送った街を訪れたのは、四月五日、約十三年ぶりのことだった。

記憶力には自信をもっていた真芽だが、駅の改札口を出たところでいきなり迷った。

なにか見覚えのあるものがないか探したものの、結局のところ、勘に頼って進むしかなかった。ただ、自分が住んでいたあの家は、線路沿いにあったのを覚えている。交通量の多い通りの近くだったこともまちがいない。その通りを、今はリハビリ病棟に移っているハルは、「成田街道《なりた》」と呼んでいた。

幸い真芽の勘は当たった。ロータリーすらない閑散とした北口に出て、京成《けいせい》電鉄の線路沿いの道をしばらく進み、右に曲がると、交通量の多い二車線の通りに出た。道路沿いに立っている逆三角形の青い標識には、「国道２９６」と表示されている。ハルの言っていた「成田街道」だ。あとは見当がついた。

空はさわやかに晴れ、清々《すがすが》しい春の風が吹いていた。ベージュのワンピースの上に、紺のダッフルコートを着こんでいる自分だけが、季節にとり残されているようで気恥ずかしかった。車の多い通りを挟んだ右手の屋敷の庭木が、枝の先に薄紫色の花をたくさん咲かせている。花はどれも空を向き、チューリップのかたちに似ている。

子供の頃、春によく見かけた花だ。

たしか名前は――。

だが、出てこない。

信号が青に変わり、横断歩道を渡る。車列のできた左手には遮断機の下りた踏切が見えた。線路沿いに続く国道の歩道を進むと、シャッターの降りている商店の数軒先に、左に入る路地を見つけた。自然と足早になる。その狭い道の突き当たりに、真芽が小学六年生まで祖父母と暮らした、あの家があるはずだった。

大きく一歩踏み出し、真芽は路地の入口に立った。

――が、急に記憶が怪しくなった。

そこには、子供の頃よく遊んでいた場所とは相容《あいい》れない荒涼とした風景が続いていたのだ。古びた板塀と金網のフェンスに挟まれた舗装されていない狭い道には、秋に黄色い花を咲かせる、子供の頃「キリンソウ」と呼んでいた一メートルを超える雑草が黄褐色に干からび、亡霊のように奥まで行列をつくっている。そのまんなかに、ようやく人がひとり通れる、それこそ獣道のような隙間《すきま》が口を開けていた。

――いや、たしかにこの先のはずだ。

しかし、これはいったいどうしたことなのか。

真芽はコートのフードをかぶり、慎重にブーツを前に進め、突き当たりの木戸の前までたどり着いた。足もとは落ち葉の吹きだまりになっている。そこから見える平屋の日本家屋は、果たして本当に自分が暮らしていたあの家なのか、と疑うくらいにみすぼらしく見えた。

外れた灰色の雨樋《あまどい》がだらしなくぶら下がり、焦《こ》げ茶色のペンキの剝《は》げた板壁には、網を掛けたように枯れた植物のツルが絡《から》んでいる。まるで何年も放置されている空き家のようなありさまだ。

郵便物がはみ出している、錆《さ》びた赤いポストの表札には、「村上義一《ぎいち》　ハル」とある。アクリル板に挟まれた名札は黄ばみ、文字は滲《にじ》んでいるが、まちがいなく亡き祖父と、入院中の祖母の名だ。昔はその下に、真芽たち家族の名前も入っていた気がした。

古い蜘蛛《くも》の巣が垂れ下がっている木戸をおっかなびっくり横に滑らせると、あっけなく開いた。右手には、玄関への短いアプローチがあり、格子《こうし》の入った磨《す》りガラスの引き戸が見える。昔のままだ。

玄関脇《げんかんわき》から家の南側にある庭へ続く日陰の小径《こみち》をのぞくと、隣家との境の生《い》け垣《がき》の枝が、行く手を阻《はば》むように、四方八方にのびている。

それでも前に進んだ。どうしても今日は、祖母ハルとの約束を果たしたかった。

身を屈《かが》め、コートの袖《そで》で顔を守って息を止める。足元に続く踏み石を目当てに、庭の入口にある物置小屋の前までなんとかたどり着いた。

だが、そこから見える景色は、もはや庭と呼べる空間ではなかった。野原、いや、枯れ野になっている。

物置小屋の脇、真芽の記憶していた場所にあるはずの、春を告げる花、沈丁花《ジンチョウゲ》は見つからない。

仰ぎ見た、今を盛りに咲き誇っているはずの桜の大木は、ただひとつの花もつけず、まるで季節が止まってしまったように立ち枯れている。

真芽は茫然《ぼうぜん》とその場に立ちつくした。

自分はとり返しのつかない嘘《うそ》をついてしまった。

そのことにようやく気づいた。

と、そのとき、庭の茂みの先を、なにかが猛烈なスピードで通り過ぎていった。遠くで踏切の警報機が鳴る音がした。思わず顔をそむけ耳を塞《ふさ》いだとき、記憶のなかの春の庭が、真芽の目の前に一瞬広がって見えた気がした。

約一カ月前のことだ。真芽は千葉県八千代《やちよ》市にある総合病院のリハビリテーション病棟に父方の祖母、村上ハルを初めて見舞いに訪れた。二月一日に大腿骨頸部《けいぶ》を骨折したハルは、救急搬送され、そのまま入院となり、翌日、骨頭を人工の骨にとり替える手術を受けた。見舞いに行こうと何度か真芽は思ったが、もう少し落ち着くまで待つよう母親に止められてもいた。

その日、真芽がハルと再会したのは約三年ぶりのことだった。髪がのびたせいか、ハルは真芽のことが、最初はわからなかったようだ。名前を告げてもベッドに座ったまま、むずかしい顔をしている。

「まめ子だよ、ハルばあ」

同居していた頃にお互いが使っていたあだ名で呼びかけてみた。するとようやく表情のこわばりがゆるみはじめた。

入院中に八十歳を迎えた小柄なハルは、銀髪に近い髪を後ろで結んでいる。だいぶ背中が曲がり、さらに縮んでしまった印象を受けた。大腿骨骨折の原因は、加齢による骨密度の低下、バランス感覚の衰《おとろ》えによるものらしい。長年のひとり暮らしの食生活に問題があったのかもしれない。また、高齢者の骨折が男性より女性に多いのは、閉経後に骨密度が急激に低下することにも一因がある、とネットで目にした。

しかしハルの顔色はわるくなく、すでに歩行器を使わず、杖《つえ》だけで歩くことができるまでになっていて、快復は順調に見えた。

なにか困ったことはないか、真芽が尋ねたところ、ハルは留守にしている家のことをまず口にした。入院してから約一カ月家に帰っていないのだから無理もない。具合を尋ねても、話はいつの間にか家のことになってしまう。

とくにハルが心配したのは、庭のことだ。真芽たち家族が同居していた頃から、ハルは庭によくいる人だった。毎年たくさんの花を育て、四季折々の風景を真芽たちに楽しませてくれる、それは素敵な庭だった。

そろそろ帰ろうかと思いかけたとき、「あなたにお願いがあるの」とかしこまった声でハルが切り出した。家の様子を見てきてほしいと言うのだ。

失業中の真芽は、この日とくに用事があるわけではなかった。けれど正直気乗りがしなかった。病院からハルの家までは、バスと電車を乗り継いで片道約五十分。タクシーなら早いが、お金が倍以上かかる。時間も、かかる費用も惜しい。この日、ハルを見舞ったのは、一度顔を出せば、義理が果たせると思ったからだ。

六人部屋の病室からいったん出て、母に電話で経緯を話した。すると予想どおりの言葉が返ってきた。

「そこまであなたがやることないわよ。これから用事があるとでも言って、断ればいいじゃない」

病室にもどるとハルは同じ姿勢で待っていた。なにか理由をつけて断るつもりだったが、ハルのどこか不安げな顔を見たとたん、「じゃあ、ちょっとだけ様子を見てこようか」と声をかけてしまった。

ハルは「うん、うん」と二度うなずいた。

病室をあとにした真芽は、正面玄関脇にあるバス乗り場に向かった。時刻表で調べるとバスが出たばかりで、次のバスが来るまで四十分かかる。院内にもどり、コンビニでチーズ蒸しケーキとホットコーヒーを買い、隣接した飲食コーナーでひとり遅い昼食をとって時間を潰《つぶ》したものの、次のバスには乗らなかった。

約一時間後、真芽は病室にもどり、「家を見てきたけど問題なかったよ」とハルにしれっと嘘をついた。

「庭はどうだった？」

ハルが身を乗り出した。

真芽が口ごもると、「なにか花は咲いていてたかい？」と尋ねられた。

——春の花、といえば？

とっさに考え、口を衝《つ》いたのは、沈丁花。その香りのよい花をつける低木は、たしか物置小屋の近くにあり、毎年春先になると咲いていたのを思い出したからだ。花の名前の多くは、子供時代にハルから教わった。

「そうかい、チンチョウゲが咲いてたかい」

「あ、うん。咲いてたよ。春のにおいがした」

花の呼び方が微妙にちがったが、真芽はそう答え、その場をしのいだ。

「そうかい、そうかい、それはよかった」

ハルは、初めて安心した顔を見せた。

――そして今日。

真芽は再びハルの見舞いに訪れた。会社をやめたことが親にばれてしまい、時間があるならと頼まれたのだ。

母の典子《のりこ》は、父、健一《けんいち》と知り合った保険会社に長年勤めていたが、すでに退職している。だから時間に余裕があるはずだが、祖母との折り合いは同居時代からよくなかったのか、お互いそっけないところがある。健一は今も同じ保険会社で働いている。

長男である健一には、真芽にとっては叔母にあたる妹がいて、ハルの家まで車で二十分ほどの千葉ニュータウンに家族で住んでいる。しかし忙しいのか、あてにはならないようだ。叔母には子供が二人いる。真芽は祖父の葬儀以降、叔母にも従兄弟《いとこ》にも会っていない。両親は、祖父母同様、叔母たちとも距離をとっているようにも思えた。

午後一時過ぎ、病院に到着した真芽を、ハルは談話室に誘った。

病室と同じ五階にある談話室は角部屋で、窓が大きくとられ、郊外が見渡せる。その景色を眺めながら、「今頃、庭の桜が満開だろうけどね。惜しいことをしたよ」とハルはつぶやき、前回と同じように家の庭のことを気にしだしたのだ。

「もう少しの辛抱だから」

諭《さと》すように真芽は言ったが、「今がいちばんいい季節なのよね」とハルはくり返した。

「食事はちゃんと食べてるの？」

真芽は、ハルの意識を家から遠ざけるために、わざと話題を変えた。

「食べてるよ」

「おいしい？」

「病院の食事だよ。おいしいわけないだろ」とハルは答えたあと、「心配だねえ」と低い声でつぶやいた。

どうしても家のこと、庭のことになってしまうようだ。

「だいじょうぶだよ、ハルばあ」

「だといいけど……」

ハルはつぶやいたあと、「そういえばあんたが家に行ってくれたとき、だれかに会わなかったかい？」と言った。前回、「家を見てきたけど問題なかったよ」と真芽が嘘をついたときのことだ。

「それって、近所でってこと？」

「庭でだよ」

「庭で？　庭では会わないよ」

真芽は笑ってしまった。

「ならいいんだけど」

ハルはしわを集めるように唇をすぼめ、声を落とした。「でもね、ときどき庭に人が来るのよ」

「それって勝手に？」

「そうなの」

「ふつう、だめだよ。断りもなく入れば、不法侵入なんだから」

「まあ、そうなんだけどね」

ハルはあからさまなため息をついた。「桜の季節なのにね……」

「そんなに気になるなら、私が庭の桜を写してこようか」と真芽は口を滑らせた。

「そんなことできるのかい？」

「ほら、このスマホがあるから。でも写真を見せるのは、また今度になると思うけど」

ハルが遠慮するのを期待したが、「だったら、ついでに植木鉢に水をやってきておくれ」と明るい声が返ってきた。

やれやれと思ったが、真芽は承諾した。言い出したのは自分であり、家を見てきたと嘘をついた後ろめたさもあった。

そこで、庭だけでなく、家のなかの様子も見てこようと思い、鍵《かぎ》を借りようとしたところ、その必要はない、と思いがけず強い調子で断られた。

「じゃあ、庭の写真だけ撮ってくるね」

真芽が言うと、ハルは機嫌を直し、うれしそうに笑っていたのだ。


しかし今、真芽の眼前に広がる祖母の庭は、見る影もないありさまだ。

立ち枯れた桜の枝が、腕をもぎ取られたように、ささくれた断面を醜くさらし、途中から折れている。その灰色の枝が、外廊下のように続く、一段高くなった広いところで幅二メートル近くある縁側に落ちていた。縁側と物置小屋のあいだにあるガラス張りの小型の温室にはヒビが入り、古い井戸を隠すように建っている納屋《なや》の波形の屋根に穴が空いてしまっているのも、落下した桜の枝の仕業《しわざ》かもしれない。

田舎のせいか、平屋建ての家の南側、線路に面した庭は、小さな家ならもう一軒建つくらい広く、かつてはよく手入れされていた。それが今は、一面の荒れ野と化している。

しかし、我に返った真芽は気づいた。ハルが入院したのは今年の二月上旬であり、まだ二カ月しか経《た》っていない。そのあいだに、庭というのは、こんなにも荒れ果ててしまうものだろうか。マンションやアパート暮らしに慣れてしまった真芽にはよくわからなかったが、かなり奇妙な光景にも映った。

庭の奥へは入れそうもないため、コンクリート敷きの上を移動すると、軒下に鉢植えが並んでいた。「ついでに植木鉢に水をやってきておくれ」とハルに頼まれたが、どの鉢も干上がり、根詰まりしていそうな植物も枯れてしまっている。水をあげる必要はなさそうだ。

庭の枯れ葉色の世界の下に、所々緑が見える。それらの植物の芽は、おそらく雑草の類《たぐい》だろう。

真芽はスマホを取りだし、実家に電話をかけた。典子に事情を手短に話し、二カ月前までハルがここに住んでいたことをたしかめた。

「家の近くの国道の歩道で倒れたのよ。ほかにどこに住むって言うの」

典子はそっけなく答えた。

「じゃあ、入院する前、お母さんたちがハルばあに会ったのはいつ？」

「年の初めの頃よね。一緒に食事をしたから」

「そうなんだ。そのとき、この家の様子は？」

真芽が尋ねると、短い沈黙のあと、家にはもう何年も訪れていない、と言われた。食事をするのは、いつもこの家の近所にある和食のファミレスで、国道でハルを車で拾い、連れて行くそうだ。帰りも、車で家の近くまで送って降ろし、家には寄らないのだという。

「そのとき、ハルばあ、変わりなかった？」

「変わりないよ。さすがにもう年だからね。庭の手入れも手を抜いちゃうんじゃない」

典子はそう答えるものの、「心配いらないと思うよ。おばあちゃんは、まだしっかりしてるもの」と続けた。

わかっているようで、わかっていないのかもしれない。見ているようで、見ていなかったのかもしれない。

通話を終え、家の周囲をまわってみた。雨戸はどこも締まっていた。だが不思議なことに、外から雨戸が動く。鍵が掛かっていない。奥のサッシは動かなかった。なかの様子をうかがおうとしたが、カーテンでよくわからない。

家のなかに入ろうと思っても、鍵がないので入れない。ここは昔自分が暮らした家であり、入ってみたくもあった。それにハルがどんな生活をしていたのか、たしかめるべきかとも思った。

もう一度玄関にもどり、郵便ポストのなかを調べた。郵便物やチラシの類がたまっていた。しかし持ち帰るわけにもいかない。

そのとき、「あ、もしかして」と真芽は声に出した。

昔、ハルは家を留守にする際、鍵をいつも同じ場所に隠していた。それは祖父、義一がつくった玄関前のレンガの花壇にできたわずかな隙間だった。

かがんでのぞきこんでみる。

――あった。

取りだした鍵は、所々錆《さび》が浮いていた。もしかしたらハルは、鍵をここに隠したことを忘れてしまったのかもしれない。

無断で入るのは失礼かと思ったが、郵便物だけでも家のなかに置かせてもらうために鍵を開けた。磨りガラスの入ったアルミ製の引き戸を引くと、コンクリートの三和土《たたき》には、驚くほどたくさんの履き物が並んでいた。まるで大勢の客が訪れ、奥で宴会でも開いてるような賑《にぎ》わいだ。多くはハルのもののようだったが、なぜか男物の靴や下駄まである。

「なんだこりゃ」

つぶやいて視線を上げた真芽はぎょっとした。

柱に貼《は》り紙があった。といっても一枚ではなく、何枚も。

そこには、こう書かれていた。

〝お願い　家には入らないでください〟

ひと目でハルの字とわかった。

ほかの貼り紙も似たような内容だ。〝さわるな！〟〝また、だれかが家に入りこんでいる〟〝すぐに出なさい！〟

廊下の先の暗がりから、何者かに見られているような気分になった。真芽はポストに入っていたものを上がり框《かまち》に置き、あわてて外に出て引き戸を閉め、鍵を締めた。

――いったい、どういうことなのだろう。

この家にはだれかが勝手に上がりこんでいるのだろうか。

急にこわくなった。

ハルの言葉を思い出す。「ときどき庭に人が来るのよ」

だとすれば、何者の仕業なのだろう。

――それともハルは、惚《ぼ》けてしまったのだろうか。

いや、言葉を交わしたときの受け答えはしっかりしていた。

鍵を元の位置にもどし、気持ちを落ち着け、もう一度庭にもどった。一段高くなった縁側に、子供用の椅子《いす》が置いてあるのを見つけた。

その椅子を見たとき、真芽の脳裏《のうり》に記憶がよみがえった。

小学校から帰ると、この縁側でおやつを食べた。おやつは、いつもハルの手づくりだった。ドーナッツ、プリン、ゼリー、おはぎ、おしるこ、大学いも……。どれもおいしかった。

――そうだった。この縁側で庭を眺めながらおやつを食べるのが、楽しみだった。

その頃の自分はまだ幼く、ハルはおばあちゃんとはいえまだ元気で、それほど年を感じさせなかった。

不意に、当時のハルの笑顔が浮かび、真芽の瞳《ひとみ》に涙があふれてきた。

このままではいけない。

ハルが帰ってくる日までに、この庭をなんとかしなくては。

強くそう思った。

そして、それが今できるのは、自分しかいない。

庭先を電車が通り、真芽は顔をそむけた。庭と線路の境には、冬でも葉を落とさない常緑樹が植えられているため、電車からは見えないはず。わかっていながらも、そうしてしまうのは、子供の頃の癖かもしれない。そんな真芽を、当時のハルは「だれも見ちゃいないよ」と笑っていた。

電車が通り過ぎた庭は、再び静けさをとりもどした。

縁側に腰かけ、ぼんやり庭を眺めた。でも、やっぱり自分には無理かもしれない。庭の手入れなどしたことがない。にわかに気持ちが弱くなる。

くさむらの低い位置に、枯れ葉色とも、新緑ともちがう色を見つけた。それは、この家の庭で唯一《ゆいいつ》見つけることができた、春を告げる花だった。

近づいてよく見ると、そのどこか古風な花色は、紅と言うより朱に近く、枝が地面に這《は》うようにのびている。開ききらない花弁《かべん》の大きさは、一センチくらい。のぞいている雄《お》しべの先が明かりを灯《とも》すように黄色い。枝の先のほうには、鋭い棘《とげ》がある。

この花も、子供の頃に見た記憶がある。

そう、季節は、同じく春だった。

たしか、名前は――。

だが、またしても出てこない。

思い出せないのがもどかしい。記憶とは、これほどまでに頼りなく、はかないものだったろうか。

花の名前が出てこないのは、言葉として使ってこなかったからだ。日々の暮らしで必要としなかったせいだ。それは自分が、自然から、花から、遠ざかっていた証拠でもある。

真芽はそれを罰として受けとめ、唇をきゅっと結んだ。

庭の桜の写真を撮ってくると、ハルと約束したが叶《かな》わなかった。せめてと思い、さっき見つけた朱色の花にスマホのレンズを向け、シャッターを切った。

どこか古風でのどかに咲く花は、佇《たたず》まいが祖母に似ていた。この花の名前を、果してハルは覚えているだろうか。

そのことをたしかめたくて、真芽は祖母の元へもどることにした。

約一時間後、病室に夕食前のハルを訪ねた。

「あらまあ、また来てくれたの」

ハルは笑顔で迎えてくれた。

真芽はさっそくスマホの写真を見せ、花の名前がわかるか尋ねた。

すると、ハルは唇にしわを寄せてとがらせた。

「あらやだ、よりによってこの花で私を試すなんて」

「え？」

「ちがいますからね、私は」

ハルは意味ありげな顔をする。

「なにが？」

戸惑う真芽を尻目《しりめ》に、ハルはあっさり花の名前を答えた。

棘のある朱色の花の正体は、「ボケ」だと。

「あ、そうだった」

真芽は思い出し、顔を赤らめた。

しかもハルは、この「ボケ」は、この国の固有種の「クサボケ」であり、バラ科に属するのだと説明した。

「疑ってたんだろ、私のこと？」

ハルの流し目に、真芽はあわて、「ちがうちがう」と首を横に振り、ハルの手を取って笑い合った。

そして、真芽はようやく心を落ち着けた。

この人は、惚けちゃいない。

あの家に、あの庭に帰るのだ。

穀雨　花の名前

そもそも祖母のハルは、なぜ大腿骨《だいたいこつ》を骨折しなくてはならなかったのか。典子によれば、ハルは「成田街道」と呼ばれる国道の歩道で倒れた。しかし高齢とはいえ、ふつうに歩いているだけで、人は骨を折るものだろうか？

「それはね――」

ハルは真芽に顔を近づけ声を低くした。「じつは、あとをつけられてたの」

「え？」思わず真芽は声を上げた。「だれに？」

「しっ！」

自分とよく似たつるんとした団子《だんご》っ鼻《ぱな》に人差し指を立てたハルが、「男だよ」と言って続けた。「今の世のなか、ひとり暮らしの老人は狙《ねら》われるだろ。とくに女はね。だから日頃から用心してる。あの日は、あとをつけられてるってわかったから、あわてて方向を変えようとして、ひっくり返っちゃったのさ」

ハルは悔しそうに顔をしかめた。

「その男に見覚えは？」

「顔まではよくわからない。でも、私をチラチラ見てた。だから、そのまま家の路地に入るのはうまくないと思って、前を通り過ぎてから、引き返すことにしたのさ」

――なるほど。

不審な人物にあとをつけられている場合の対処としては、適切で冷静な判断な気がした。

「どんな男だった？」

「青っぽい防寒着だったわね。下はグレーの作業ズボン。目深《まぶか》に帽子をかぶってた。年齢まではわからない。こっちが振り返ると、足を止めてそっぽを向くのさ。近くの植木でも眺めてるみたいにね。歩き出すと、またついてくる。おかしいじゃないか」

かなり具体的な記憶でもあった。

ひっくり返った拍子に大腿骨を折り、その場から動けなくなったハルは、通りすがりの親切な人が呼んでくれた救急車によって病院へ搬送された。その隣町にある病院には、連絡を受けた典子が駆けつけ身元保証人となり、すんなり入院できたと聞いた。

「その男の狙いは、なんだったのかな？」

「そんなことわからないさ」

ハルは痩《や》せた顎《あご》をくいっと振った。

たしかに高齢者を狙った卑劣な犯罪が頻繁に起きている。詐欺《さぎ》、窃盗、傷害。老人を狙った〝オレオレ詐欺〟やひったくりのニュースを毎日のように耳にする。〝居空《いあ》き〟という、人がいるにもかかわらず泥棒に入る犯罪も、やはり年寄りが狙われている。ハルのあとをつけてきたのは、そういった犯罪に手を染めた輩《やから》だったのかもしれない。

だが、疑問はそのことに留《とど》まらない。〝お願い　家には入らないでください〟などと書かれた玄関の柱の貼《は》り紙について、真芽はそれとなく尋ねてみた。

「あの家には、よくだれか来るの？」

「一日中だれも来やしないさ」

ハルは静かにそう答え、黙りこんだあと顔を上げた。「まさか、家に上がったわけじゃないだろうね」

「ううん、入ってないよ。鍵《かぎ》借りてないし」

真芽は首を強めに振る。「ほら、ハルばあが、ときどき庭に人が来るって言ってたからさ」

「それは庭の話じゃないか」

「じゃあ、だれかが家に入りこんだ、というわけじゃないんだね？」

「いや、そうにらんでる」

ハルの目が細くなる。

「なにかあったの？」

「あたしが家に帰ったらね、テレビがついてた」

「え、それって」

思わず真芽は口元をゆるめた。「ハルばあが、消し忘れたんじゃないの？」

「いや、たしかに私は消して出た」

ハルはしわだらけの唇をとがらせ断じた。「それに、それだけじゃないんだよ」続けて含みを持たせるせりふを口にした。

「なにか盗まれたとか？」

「大事なものは、みんな持ち歩いてるからね」

テレビがついていた件は、かんちがいのような気もしたが、ハルの口振りから一概には決めかねた。それに、不審な男のこともある。

――だとすれば、何者なのか。

「まあ、そんなこともあるから、心配なのさ。とにかくね、私は早くここから出て、自分の家に帰りたいの」

結局、ハルの願いはそこに行き着く。しかしそれは当然だろう。

ほかにも聞きたい話があったが、最後に真芽は庭の桜の大木について尋ねてみた。そのときの受け答えからすると、桜が枯れてしまっていることにハルはまったく気づいていない様子だった。去年の春、それは見事に桜が咲いたと自慢したくらいだ。ならば、それ以降に枯れたことになる。去年の夏は猛暑続きでもあった。立派な桜の大木とはいえ、生きものであるのだから、枯れることもあるだろう。

そういえば、樹齢千年とも言われた鎌倉の鶴岡八幡宮《つるがおかはちまんぐう》の大銀杏《おおいちょう》でさえ倒れてしまったのだ。残念ながら倒れる前の大銀杏の姿を真芽は見たことがなかった。根に近い部分だけになってしまった大銀杏は、何度も目にしたけれど……。

鎌倉での苦い記憶が不意によぎり、真芽はハルに気づかれぬよう、小さく首を横に振った。

「わかったよ、ハルばあ。そのためには、早くからだを元にもどさなくちゃね」

真芽はできるだけ明るい声をかけた。

四月十九日、真芽は再びハルの家をひとりで訪ねた。

駅前のコンビニで調達したカラー軍手をはめ、国道から入る路地に生えた、子供の頃「キリンソウ」と呼んだ背の高い枯れた草を片っ端《かたっぱし》から引っこ抜いていった。地面には砂利《じゃり》が撒《ま》かれているせいか、根はあんがい浅く、すんなり抜けてくれる。次第にからだが熱を帯び、上着を脱いだ。こんなふうに外でからだを動かすのは、ひさしぶりのことだ。

　午前中で路地は大方片づいた。引っこ抜いた「キリンソウ」をどうすべきか考えたが、ひとまず路地の脇《わき》にまとめて放置することにした。

　慣れない作業に疲れた真芽は、カラー軍手を外し、庭へまわった。昔からある立水栓の前に立ち、蛇口をひねる。

　――が、水が出てこない。

「なんで？」と思わず声をもらした。

　壊れてしまったのだろうか。庭の水道が使えないとなれば、それこそ草木に水をやることもできないはずだ。それとも水道管の元栓を締めているのか。屋内の蛇口で試そうかと思ったが、再び許可なく鍵を使って家に入る気にはなれず、手を洗うのをあきらめた。

しかたなく手をはたき、土足で縁側に上がる。落ちた桜の枝を掃除し、先日もそこにあった子供用の椅子《いす》に座った。ハルと同じく小柄な真芽のお尻《しり》に、その椅子はフィットした。

しかし考えてみれば、この子供用の椅子も不思議だ。背もたれにプリントされたキャラクターは、真芽が子供時代のものではなく、椅子そのものも新しい。ハルが使うとしたら、あえてこんな椅子を買うとは思えない。

顔を上げると、庭のほぼ真ん中で立ち枯れた桜の大木が、腕をもがれた巨人のように突っ立っている。根もとには、古びた石灯籠《いしどうろう》がある。

まだ手をつけていない庭だったが、眺めると、すぐ変化に気づいた。枯れ葉色が優勢だった世界に、緑がじわじわと増えている。地際《じぎわ》だけではない。奥のほうにはいくつか異なる色が見える。黄色、紫、淡い青。

——花だ。

線路との境の常緑樹の近くにも、白い花がちらちらと咲いているではないか。

微《かす》かだが花の香りがしたような気もする。

それは季節の移ろいによる自然な変化かもしれなかった。でも、もしかしたら、前に来たときも自分の視界には入っていたのに、気づかなかっただけなのかもしれない。

ブーンと蜜《ミツ》バチが一匹、縁側の前を横切っていく。

どこからか、カサカサと音がする。

なにかが庭の奥のほうで動いている。けれどこちらから姿は見えない。

目を凝らすと、ようやく気づいた。それは首輪をしていない茶トラの猫だった。真芽のほうは見向きもせず、身を屈《かが》め、抜き足差し足で歩いていく。

「ピッ」とひと声鳴き、小さな鳥が飛び立つ。

どうやら猫は、小鳥を狙っていたようだ。ごろんと尻もちをつくと、前脚で顔の毛づくろいをはじめた。その仕草がどこか照れ隠しのようで、真芽の口元が自然とゆるんだ。

縁側からの眺めは平和だった。

子供の頃と同じように。

春の日差しがぽかぽかとあたたかく、吹く風が心地よい。

庭をぐるりと眺め、視線をもどすと、ノラ猫の姿はなかった。

まるで幻のように消えてしまった。

その日、真芽は実家である幕張のマンションに帰った。

典子と二人での夕食後、リビングで交わした会話のなかでハルが話題に上がった。高齢者が大腿骨を骨折した場合、三人にひとりは以前のように歩くことはできなくなるらしい。寝たきりになるケースもあるという。ハルの術後の経過は、幸い順調に見える。しかし今の病院の機能訓練は初歩的な段階で、日常生活を送るためのリハビリがさらに必要になるという。

「おばあちゃん、以前は杖《つえ》なしでスタスタ歩いてたから。まだそこまでもどってないでしょ。だから近々リハビリを専門としている病院に転院することになる」と典子は話した。

「どこの病院？」

「今度は、おばあちゃんの家がある佐倉《さくら》市内の病院」

「――佐倉か」

真芽はその街の名前をひさしぶりに耳にし、口にした。子供の頃の真芽の世界は狭く、佐倉市といっても、自分が暮らしていた町名しか使っていなかった。

「二カ月経《た》つのに、まだ家に帰れないんだね」

つぶやいた真芽の声が沈んだ。

「いちばんこわいのはね、また骨折してしまうことなんだって。それを防ぐためにも、きちんとリハビリして、筋肉をもどさないといけないらしい」

「お父さんはなんて？」

「それはしかたないって」

「ハルばあには？」

「まだ話してない」

「──落ちこむだろうな」

真芽は小さくため息をついた。

その話のあと、典子は少し前から事務スタッフのパートをはじめたことを口にした。どうやら健一の仕事もそれほど順風満帆《じゅんぷうまんぱん》というわけではなさそうだ。保険会社に勤める健一は、今は茨城に単身赴任している。週末に帰って来るが、毎週ではないらしい。さらに今年の九月末で、会社を早期退職することを決めたそうだ。詳しい経緯は聞かなかった。

弟は、高校卒業後に幕張のマンションを出た。小学校を転校するはめになった弟が、引っ越しによって一番割を食ったような気がする。幕張に越してから登校拒否をくり返し、なんとか高校を卒業して寮のある会社に就職したものの、しばらくしてそこをやめ、今どこでなにをしているのか家族も知らない。何度か電話があり、そのときは元気そうだったと典子は話していた。

よって3LDKの幕張のマンションの部屋は余っている。アパートを引き払ってここで暮らしてみてはどうか、と典子が言った。

会社をやめた真芽は、わざわざ家賃の高いアパートを借りてまで東京で暮らし続ける理由はない。大好きな鎌倉から遠ざかるのはさびしくもあったが、あのことがあってから、もう訪れることはない気がした。

ありがたい話だ。とりあえず答えを保留にした。

翌日の朝、典子はパート仕事に出かけた。真芽はハルに会いに行こうかと思ったが、キッチンで弁当をつくりはじめた。料理は、数少ない真芽の特技でもあった。飲み物も用意し、再びハルの家へ出かけた。

今自分がすべきことは、ハルが帰って来るまでに、あの家の庭をまともな状態にもどすこと。そう考えたからだ。

雲の切れ間から青空がのぞいているが、天気は、曇りのち雨の予報。昨日の作業中、まだ蚊はいなかったものの、この日は長袖《ながそで》シャツに動きやすいジーンズを着用した。

さっそくカラー軍手をはめ、玄関脇から庭に続く小径《こみち》に手を入れる。

東側の隣家との境には生け垣があり、所々に木も生えている。そのため薄暗く、陰気くさい。それらの木や生け垣からのびた邪魔な枝を払うためには、道具が必要だ。ならばここだろうと見当をつけ、小径の先にある物置小屋の錆《さ》びた引き戸を横に動かすと、脳天にまで響きそうないやな音がした。

広さ四畳くらいの物置小屋のなかは、暗くてなにがあるのかよくわからない。足もとにある灯油を入れるポリタンクに危うく躓《つまず》きそうになる。真芽のスマホのライトによって、埃《ほこり》だらけの屋内が照らし出された。

棚の上の道具箱の脇に、昔祖父が使っていた、木製の柄のついた刈りこみ鋏《ばさみ》を発見した。片手で使う鋼《はがね》でできた植木鋏もあった。

とりあえず小径が通りやすくなるように、生け垣から飛び出している枝に、初めて使う、両手で構えた刈りこみ鋏の刃を向ける。刃渡り十五センチほどの鈍《にぶ》く光る鋭い刃には、赤錆が浮いている。枝がそれほど太くないせいか、真芽の力でもなんとか切れていく。最後に散乱した緑の葉がついた枝を集め、小一時間で小径の作業を終えることができた。

線路に面した南向きの庭には、さまざまな植物がのび放題、あるいは枯れ放題。どこから手をつけていいやら迷ってしまう。全体の様子を把握するため、しばらく歩きまわってみる。こちらは路地や小径とちがって、とても一日で終わりそうもない。

立ち枯れてしまった桜以外にも大きな木がいくつか生えている。それらは真芽がここで暮らしていた頃からあった木たちだ。子供の頃に見ていたものが大きくなり、今も残っているのを目にすると心がなごみ、お互いの成長を称《たた》え合いたい気分になる。

しかし見たこともないような木もなかにはある。真芽たち家族が引っ越してから、祖父母が植えたのだろう。

線路に対して右手になる、西側の隣家とは、真芽の背丈ほどの古びたブロック塀で仕切られている。松のかたちに透かしの入った上段のブロックからのぞき見ると、隣の庭も同じように草木が生え放題になっている。どうやら空き家らしい。

その隣家との境近くには、立派な栗《クリ》の木がある。大きくなっていたが、その樹形《じゆけい》には見覚えがあった。

懐《なつ》かしさもあって、ひと抱えほどありそうな太い幹《みき》を撫《な》でてみた。すると目線の高さの位置、ごつごつした幹から、妙なものが生えている。おっかなびっくり触れてみると、それは広いほうが直径二センチくらいの楕円形《だえんけい》の輪をつなげた金属、つまりは鎖だった。

――なんでこんなところから、鎖が生えてるの？

「やたらパンクな栗の木だな」

真芽はつぶやき、首をかしげた。

鎖は錆びついていたが、あきらかに幹のなかにめりこんでいる。つまり生えているように見える。

妙なものはそれだけではなかった。

真芽の背丈よりも低い、同じ葉をつけた木が、ぽつんぽつんと庭にいくつも生えている。それも一種類ではない。なぜ同じ種類の木をそれぞれ複数植えたのか理解に苦しんだ。それらの木々は、残念ながら庭の調和を乱している。

のびた下草を足でかき分けるようにして、今度は東側の隣家との境までたどりついた。そこは昔、祖父が畑をやっていた場所でもあった。そのため、草だらけだが近くに大きな木は生えていない。それなのに周囲には、枯れた葉のついた木の枝がばらまかれたように散乱している。しかもかなりの量が。

――不思議だ。

また謎《なぞ》が増えた。

真芽はおそるおそる隣家との生け垣に近づいた。

隙間《すきま》からのぞくと、なぜか視界が急に青っぽくなった。あれっと思い、近くに焦点を合わせてみる。生け垣沿いに、目の細かいブルーのネットが張り巡らされている。そのブルーのネットの向こう側が、隣家の菜園になっていた。それにしても、なぜこんなところにネットを張っているのだろう。

日当たりのよさそうな菜園の奥には、ハルの家よりも小さな平屋が建っていた。軒《のき》先《さき》の下には、一般家庭ではまず見かけない、ドラム缶がでんと置かれている。物干し台には、男物の作業着らしき衣服が何着か掛かっていた。

真芽は猫背にした体から、わるい空気を抜くように長く息を吐いた。

気持ちを切り替え、ハルの庭に落ちている枯れ枝の回収からはじめた。さっき見かけた何種類かの複数生えている灌木《かんぼく》は、葉のかたちを見てもそれがなにか判別できず、整理するにも、どれを抜いてどれを残すべきなのか、よくわからなかった。そのため、それらの不明な植物は、スマホのカメラで撮影した。

枯れ枝の回収後は、雑草を抜く。とはいえ、明らかに雑草と思われる草以外はそのまま残すことにした。あまり勝手な真似《まね》はするべきではない。なぜならここはハルの庭だからだ。自分の役目は、あくまでこの庭をなるべく元通りにもどすことのはずだ。

それほど作業が進んだわけではないが、十二時近くに休憩を入れた。持参した手ぬぐいで顔や手を拭《ふ》く。昨日の子供用の椅子は使わず、そのまま縁側のへりに腰かけた。

庭の眺めは、昨日ともちがっていた。

真芽が手を入れた部分は、枯れた草木や雑草が一部取り除かれ、いくぶんさっぱりした。歩きまわったせいで下草が踏みしめられ、道のようなものができかけている。初めて来たときと比べたら、少しはマシになった気がする。

フフンと真芽は鼻を鳴らした。

しかし春だというのに、咲いている花は少なく、どこか殺風景でもある。枯れてしまった草花も少なくないはずだ。だとすれば、新たに花を、できれば昔この庭に咲いていた品種を植えつけるべきだろう。

右手の栗の木のほうから、鳥のさえずりが聞こえている。

膝《ひざ》の上に置いた弁当箱をパカリと開けると、おかずとご飯のにおいが鼻をくすぐる。

まずはかたちよく仕上がった卵焼きを、ぱくり。

――おいしい。

腰かけた縁側で真芽は足をぶらぶらさせた。

その子ども時代にやっていた、ハルに何度も注意された癖、足のぶらぶらのせいだろうか、昔の記憶がよみがえってきた。

それは、母の日に百円玉を握ってカーネーションを買いに向かった花屋のことだ。この家からいちばん近くにあるその花屋の名前は、遠藤《えんどう》生花店といった。あの日、真芽が花を買いに行ったのは、じつを言えば口実に近かった。遠藤生花店は、五、六年生のときにクラスメイトだった遠藤君の両親がやっていたからだ。今思えば、彼が自分にとっての初恋の相手だった気がする。

真芽は足をぶらつかせながら、口元をゆるめた。

典子から聞いた話では、真芽は出産予定日よりかなり早く生まれてしまった。出生時の体重が二千グラム未満だったため、しばらく保育器のなかで過ごした。だから生まれたときに名前はまだ決まっていなかった。父、健一と、母、典子は、自分たちの名前がかなり平凡だったので、子供には個性的な名前をつけることを決めていた。なおかつ呼びやすい名前にしようと。

真芽が生まれたのは、二月三日。立春の前日だった。春にちなんだ名前として、まず「芽」という漢字を入れることが決まった。そして小さな赤子が生まれたその日が節分だったため、呼びやすく、福を招く子になってほしいと、福豆にちなんで、「真芽」に決まったらしい。

しかし両親が望んだ個性的かつ呼びやすい名前をからかう者が現れることは、容易に予測できたはずだ。真芽は今も背が高くないが、小学生時代は常にクラスで一番背が低かったせいもある。でも「チビ」と呼ばれるより、「まめ」、あるいは「おまめ」「まめ子」と呼ばれるほうが気にならなかった。小さい頃から、ハルに「まめ子」と呼ばれ、その声の響きに愛情がこめられていたからだ。

ただ、不都合なことがなかったわけではない。

花屋の息子、遠藤君に好意を抱くようになったのは、花の名前がきっかけだった。春に校庭で咲いている花の名前を真芽が口にしたところ、クラスメイトから笑われてしまった。その花の名前は、沈丁花。真芽はハルから教わったように「チンチョウゲが咲いてる」と言ったのだ。

すると、「チンチョウゲ」ではなく、「ジンチョウゲ」だと、この国でいちばんメジャーな苗字《みょうじ》である男子が言いだした。真芽がそれを認めようとしなかったこともあり、「まめ子が知ったかぶりをした」とほかの子にも言いふらし、その花の名をそもそも知らなかった者たちにまでバカにされてしまった。

そこに遠藤君が登場し、「この花の名前は、たしかに『ジンチョウゲ』だけれども、『チンチョウゲ』と呼ぶ人もいるよ」と言ってくれたのだ。

「でも、それはまちがいだろ」とメジャーな苗字である男子の仲間が言い返した。

「けど、かなりたくさんの人が『チンチョウゲ』という名前も今では使ってる。辞典にも載ってるし、歌の歌詞にもある。それに『ジンチョウゲ』には、ほかの名前だってあるしね」

「なんて名前だよ？　言ってみろよ」

「『リンチョウゲ』『チョウジグサ』『ハナゴショウ』。中国では『瑞香《ズイコウ》』、学名は『ダフネ　オドラ』。それから……」

「もういいって」

メジャーな苗字を持つ男子はうとましげに舌を鳴らし、「おまえン家は花屋だからな」と言って終わりにした。

真芽にとっては、当時学校で人気のあった足が速く運動ができる男の子より、花の名前をたくさん知っている遠藤君がかっこよく思えた。

しかしその後、真芽はクラスメイトの女子、真芽と同じように名前を理由にいじめられていた、唯一《ゆいいつ》仲がいいと思っていた瓜実顔《うりざねがお》の友だちから言われたあることをきっかけに、遠藤君から気持ちが離れていった。そして、沈丁花の呼び方もあらためたのだ。

——そんなこともあったなあ。

足のぶらぶらに勢いがついてきたとき、庭で音がした。

音は左手のほうから聞こえてくる。また茶トラのノラ猫かな、と思ったが、それは四つ足の動物が立てた音ではなかった。二本足の人間の音だった。

「シャキッ、シャキッ」という金属音のあと、「バサッ」という音と共に、生け垣の向こうから緑の葉をつけた大振りの枝がこちら側に落ちてきた。

「えっ」と声を上げそうになり、あわてて右手で口を押さえる。ぶらぶらしていた真芽の両足がぴんとなって止まった。

真芽は縁側の上を四つん這《ば》いになって、それこそ猫のように移動し、物置小屋の陰から様子をうかがった。

ツバのある帽子を目深にかぶった、痩せた男が見えた。背筋がのび、動きは意外に機敏だが、老人だ。作業着が板についている感じがした。

あっ、と真芽はひらめいた。

——犯人は、この男かもしれない。

ハルが言っていた、ときどき庭に入ってくる人とは。

いや、もしかしたら、ハルが骨折した日、あとをつけていたのも……。

真芽は正直、老人が苦手だった。とくに、おじいさんが——。

高齢者に対して偏見を持つべきではない、とは思う。でも高校時代の体験は記憶から消せない。ある日、学生服でバスに乗っていた真芽は、座っていた自分の前にやって来た白髪の男性に席を譲ろうとした。「どうぞ」とさりげなく声をかけたつもりだったが、男は真芽をにらみ、「余計な真似するな」と言い放ったのだ。たしかに元気そうにも見えた。だが、なぜそんなにいらだっているのか、理解できなかった。腰を上げかけた真芽はどうしてよいかわからず、出口の近くだったこともあり、次の停留所で降りてしまった。

それ以来、男性の高齢者には近寄りがたくなった。

それはともかく、自分で切った木の枝を隣の家に投げこむなんて、老人であれ若者であれ許せない。「シャキッ、シャキッ」という金属音がまた聞こえてくる。

生け垣沿いに巡らせた目の細かいブルーのネットといい、身勝手な振る舞いといい、隣人とはいえ、要注意人物であることはまちがいなさそうだ。

結局文句も言えず、天気予報通り雨がぽつぽつと降ってきたので、真芽は作業再開をあきらめ帰ることにした。

ハルの家を出る際、家の裏手にあたる広い敷地の隣家の様子をうかがった。どうやら西側の家と同じようにこちらも空き家のようだ。全国的に空き家が増え、問題になっているというニュースを聞いたことがある。それはここ佐倉でも、すでに起きているのかもしれない。

――そうだ。

と思いつき、真芽は小雨のなかを歩き出した。あることを、たしかめるために。

国道を最寄り駅に向かって進み、「駅入口」の交差点を通り過ぎていく。この道を「成田街道」と呼ぶのは、成田山新勝寺《しんしょうじ》に通じているからだろう。子供の頃、何度か初詣《はつもうで》へ出かけたことを思い出しながら、Y字路で斜め右に曲がり、国道を外れて踏切を渡った。

右手には大きなスーパーがある。

その少し先、たしかこのあたり……。

真芽は小学六年生の五月の第二日曜日、母の日と同じように、手を握りしめた。あのときの百円玉の感触をたしかめるように。

あたりを見まわしてみたが、そこに目的である、花屋らしき店はなかった。あったと思《おぼ》しき場所には、けばけばしい色で塗装された別の店があった。黄色い看板には、「佐藤コインランドリー二号店」とある。生花店を閉め、遠藤君の家がコインランドリーをはじめた、というわけではなさそうだ。

ふうっ、とため息がもれた。

その敷地の奥に、木立が見えた。たぶん当時は、遠藤生花店の庭にあたる場所だったはずだ。その木立のなかに、枝の先に薄紫色の花を咲かせている木があった。チューリップのようなたまご形の花は、この街をひさしぶりに訪れた際、国道を歩きながら見かけた花と同じものだ。

あのときは、名前が出てこなかった。

ええと、名前は――。

立ちつくした真芽の脳裏に、不意に四文字が浮かび上がる。

――モ　ク　レ　ン。

真芽は声に出した。「そうだ、木蓮《モクレン》」

子供の頃、ハルから教わった名前だ。

春、コブシの花が咲いた頃、白の木蓮が咲いて、それから薄紫色の木蓮が咲きはじめる。

――待てよ、薄紫色の花を咲かせるのは、ちょっとちがう呼び方があった。

「シモクレンだ」

シモクレンの「シ」は、「紫」の音読みからきているのだろう。今になって真芽は気づいた。

記憶をよみがえらせた真芽の顔は、つぼみが開くようにゆったりほどけ、満面の笑顔へと変わっていった。前髪をあたたかな春の雨に濡《ぬ》らしていたが、この雨が、庭の草木をうるおしてくれる、そう思うと、なにかありがたくさえ感じられた。

立夏　土のにおい

四月も終わりに近づいた庭に、線路のほうから、ひらひらとなにかが舞いこんでくる。

それは今年初めて目にするアゲハチョウだった。優雅に羽ばたく姿に見とれ、植木《うえき》鋏《ばさみ》を持つ手を休め、思わず「へえー」とつぶやきながら汗を拭《ぬぐ》う。

真芽の記憶では、アゲハチョウは夏に飛んでいる印象が強い。というか、ここ数年、目にしたこともなかった。

そういえば、真芽と同じように個性的な名前を親につけられた弟の樹里《きさと》は、子供の頃、昆虫が好きだった。樹里と書く名前は、「じゅり」と読む女の子が多く、小さい頃よくまちがえられ、あるいはからかわれていた。転校をきっかけに登校拒否になった一因は、その個性的な名前にあったかもしれない。

佐倉時代の樹里は、どちらかと言えば腕白坊主《ぼうず》だった。夏休みのある日、真芽は樹里と庭にいた。すると樹里が、「ねえ、まめちゃん、いいものあげる」と声をかけてきた。「なあに?」と振り向いた真芽に、樹里はあどけない表情で、「はい、目をつぶって手を出して」と注文した。

黙って言われた通りにした真芽の右手に、なにかがぽとりと着地した。目をつぶったままかるく握ると、手のなかでなにかがモゾモゾと動いた。

「ひゃっ!」

と声を上げ、開いた手のひらには、黄色い角《つの》を立てたアオムシが載っていた。

「うわーっ!」と大声を庭に響かせアオムシを振り払った真芽は、一目散に縁側へ走った。吊《つる》したすだれの奥でハルばあが正座をしてお茶を飲んでいた。

「樹里が嘘《うそ》ついた!」

真芽は駆け寄り、涙ながらに訴えた。

目を伏せ、ずずーっとお茶をすすったあと、「嘘はいかんよ、嘘は」とハルばあが叱《しか》ると、「嘘じゃないもん」と夏ミカンの木の近くで樹里が言い返す。「だってまめちゃん、アゲハチョウが好きだって言ってたじゃないか」

どうやら真芽の手に載せられたアオムシは、樹里が庭で捕まえたアゲハチョウの幼虫だったらしい。庭の夏ミカンの木にはアオムシがよくついていた。樹里は、その木の葉を好んで食べるアオムシを平気でつまむことができた。真芽には信じがたかった。

栗の木の近くにあったその夏ミカンの木は、今は生長し、自分よりもはるかに背が高くなっている。そんな思い出に口元をゆるめかけた真芽だったが、しばらく会っていない弟の身を案じ、小さくため息をついた。

線路のほうから舞いこんだアゲハチョウは庭に花が少ないせいか、長居はせず、生け垣をふわりと翔《と》び越え、隣の菜園のほうへ行ってしまった。

ブルーのネットで囲まれた菜園の持ち主から投げこまれた、生け垣のそばに落ちていた枝は、すでにすべて拾い集め、線路に近い常緑樹の根元に集めた。なかには枯れた葉のついた枝もあった。あの老人によるハルの庭への不法投棄は今回が初めてではなく、常習的に行われていると見てまちがいなさそうだ。

今朝、真芽が庭に入ろうとした際、生け垣の向こうに老人が立ち、こちらの庭をしげしげと眺めていた。目深《まぶか》にかぶったツバのある帽子には、ニューヨークヤンキースのロゴが入っている。そのため真芽のなかでは、謎《なぞ》の老人をイチローではなく〝ジジロー〟と呼ぶことにした。

真芽はジジローに気づかないふりをして庭の奥、鎖が生えているパンクな栗の木のほうへ足を向けた。ジジローは生け垣から離れ、軒先の下に置いてあるドラム缶に近づいていった。

隣の菜園では、なにを栽培しているのだろう。もしかしたら大麻草ではなかろうか。あのドラム缶にはいったいなにが入っているのだろうか。秘密を知った者がコンクリート詰めにされているのではなかろうか。などといたずらに想像をめぐらせながら、真芽は栗の木の陰から隣家の様子をうかがった。

その後、ジジローは庭から姿を消した。

真芽はやれやれと思いながらも気分を変え、庭仕事に集中した。

青空に太陽が高く上がった頃、庭の縁側でマルドンのシーソルトで朝握ってきた、まっ白の塩むすびをほおばる。

今日もおいしい。

具なしの塩むすびなのに、縁側でとる食事はどうしていつもこんなにおいしく感じるのだろう。そう思いながら、今日も思わず足をぶらぶらさせ、真芽は思いを強くした。この庭は、死んでなんかいない。この家を訪ね、庭の縁側に腰かけるたびにそのことを実感していく。枯れた植物を片づけたあとには、日増しに緑が色濃くなり、咲く草花の数も色も増えている。

悩みの種は、庭のそこかしこに生えている得体の知れない背の低い木だ。未《いま》だ正体がわからない。よく見ればスズランのような白い花を咲かせているものや、しわしわになった赤い実をぶら下げているのもある。数あるなか、どう整理すべきか悩ましい。

また、新たにどんな花を植えるべきかも迷っている。ハルの庭の再生については、なるべくお金をかけず、あるものを生かし、以前の庭に近づけることを心がけることにした。というか、それしか方法はない。収入のない真芽の貯金は減るばかりで、心《こころ》許《もと》なくもあった。

けれど庭のない生活を長く過ごした真芽には、ガーデニングの専門的な知識などない。得意なジャンルともいえない。今後の庭造りのためには、そのへんを学ぶ必要をこのところ感じてもいた。

そこで、縁側での昼食後、子供の頃に通った図書館へ行ってみることにした。物置小屋で発見した、かつてハルが乗っていたのであろう前カゴ付きの自転車をさっそく使ってみよう。

出かける際、以前庭で見かけた茶トラのノラ猫が玄関前に寝そべっていた。

「こんなところで、なにやってるの？」

声をかけてみたが、猫は逃げたりせず、知らん顔をしている。完全になめられている。

車が一台しか通れない狭い踏切を渡り、新興住宅地をゆっくり自転車で走りながら、建て売りらしきまだ新しい家の庭を観察していく。巷《ちまた》では今どんな花が咲いているのか知りたかったからだ。

しかし同じような区割りの一戸建てには、庭になりそうなスペースはあるものの、駐車場になっていたり、そうでなくとも敷地の多くはコンクリートで固められている。地面になっていると、なにかと手間がかかるからだろう。

雨が降れば水溜《みずた》まりができ、ぬかるみに変わる。草が生えれば、虫だってやってくる。樹里との一件から昆虫が苦手になった真芽には、その気持ちがわかる。それに建て売りの一戸建ての敷地は、それほど広くない。パンジーやビオラを植えたプランターを玄関前に並べた家もあるが、あまり参考にならなかった。

ツツジの花が咲いた広場の奥にガラス張りの建物が見えてきた。タイヤの空気が少し足りないが、自転車の乗り心地はまずまずだ。できればもう少しサドルを上げたほうがいいかもしれない。駐輪場に自転車を駐《と》め、まずは施設内にあるトイレを借りた。平日のせいか、利用者の姿はまばらだ。図書館入口左手にある新聞・雑誌コーナーには高齢者が目立つ。この街の住人ではない真芽が本を借りることはむずかしいと思い、貸し出しカウンターを避けるようにして、並んだ書棚の森へ自ら迷いこんだ。

昨日、真芽は市内の病院へ転院をすませた祖母を見舞いに訪れた。喜ぶかと思い最近の庭の様子を話してみたが、ハルの反応はどこか鈍く、元気がなかった。重たげにまぶたを閉じ、「ここのリハビリはしんどいのよ」と弱音さえ吐く。新しい環境にまだ慣れていないのかもしれない。退院が先のばしになった気持ちの問題もやはり大きいだろう。スマホで撮った庭の写真を見せるつもりだったが、やめることにした。

今のハルに向かって、庭におけるいくつもの謎や、腹立たしいジジローの振る舞いなどは口にするべきではない。

それでも二人の共通の話題はどうしても庭のことになってしまう。なにか花を植えようと思う、と真芽が話したところ、だったら花屋に相談するのがいちばんだと言われた。

「でも近くに花屋さんないよね」

なにげなく真芽が口にすると、「あら、遠藤さんに行けばいいじゃない」とハルは答えた。

「遠藤生花店？　あそこやってないでしょ？」

「やってるわよ」

ハルは怪訝《けげん》そうな顔を見せたあと、「それで、庭にだれか来たかい？」と話を飛ばした。そういえば、前にも同じようなことを問われた。

「だれも来ないけど」

「そうかい。あの子も来ないのかい？」

「あの子って？」

「子供はいいからね、入れておやり」

「それってハルばあ、近所の子なのかな？　縁側に子供用の椅子《いす》があったけど」

真芽の問いかけには答えず、「かわいそうに、いつもお腹《なか》をすかせて庭に来るのさ。やっぱり私が早く家に帰らなくちゃ」と自分に言い聞かせるようにうなずいていた。

会話がどうも嚙《か》み合わないまま、真芽は話題を変えた。

「それでね、ハルばあの入院中は、これからも庭の世話をしようと思うんだけど」

「あんたがかい？」

「ほかにだれかいる？」

「それは助かるけど、お店のほうはだいじょうぶなの？」

「お店？　会社なら、まあなんとか……」

真芽は言葉を濁し、「でね、庭の水道の水が出ないの。それにトイレの問題もあるし、すごく不便だから、家に入ってもいいかな?」と尋ねた。

ハルがすっと背筋をのばし、「家に入ろうっていうのかい?」と眉根《まゆね》にしわを寄せた。

「だめかな?」

あからさまに不機嫌になり、ハルは黙りこんでしまった。

庭の手入れは、ハルが帰って来る日のためだ。それなのに、なぜそこまでためらうのか。かつての住人である真芽が家に入るのをよく思わないハルの態度は解《げ》せず、正直あまり気分のいいものではなかった。失業中という負い目もあり、そんなに今の自分を信用してくれていないのか、とさえつい考えてしまう。

しかたがないのかもしれない。真芽たち家族は、あの家を出て以来、祖父母と距離を置いたのだから。あまり深く考えないようにしてきたが、今思えばふたつの家族にとって、あの引っ越しは、別れは、大きな事件であり、岐路《きろ》だった気がする。

なぜ、あの家から引っ越さなければならなかったのか。判然としない疑問符は重しをつけられ、記憶の底に沈んだままだ。

「廊下の洗面所とトイレを使うだけなんだけどなー」

真芽はもやもやする気持ちをため息にした。

「ほんとに、それだけなんだね？」

ハルは下から真芽をのぞきこむようにして、「絶対に、ほかの部屋には入らないでおくれよ」と念を押した。

その顔はどこか芝居がかっていて、昔絵本を読んでくれたときのハルを思い出し、真芽は笑いそうになった。

ハルはそう言ったものの、結局、鍵《かぎ》を渡そうとはしなかった。


「園芸　造園」のプレートが貼《は》られた書棚で選んだ本に、窓際《まどぎわ》のテーブル席で目を通した。庭木に関する実用書だ。種類別に剪定《せんてい》の方法や管理のポイントがまとめられている。それぞれ写真は載っているのだが、種類が多く、ハルの庭に生えている不明の木には、とてもたどり着けそうにない。

席を立ち、再び「園芸　造園」の書棚の前で本を選ぶ。「木、木、木」とつぶやき、その文字が入っている書名を探していると、自分より少し年上に見える、長い髪を後ろで束ねた背の高い女性が本を抱えて近づいてきた。黒縁メガネをかけ、首からネームホルダーを下げている。図書館に勤務する職員だろう。抱えた本を、一冊ずつ手際よく書棚にもどしはじめた。

真芽は庭に生えている謎の木の正体を知りたかった。できれば、スマホで写した葉っぱから木の種類がわかる、そんな本を見つけたかった。でも、レファレンスコーナーへ向かう気にはなれない。もともと社交的なタイプではなく、そういうことが苦手でもある。それにそんな特殊なリクエストに応《こた》えてもらえる気がしない。

するとメガネをかけた職員らしき女性が、真芽のほうにちらちらと視線を送ってきた。真芽は気づいていたが、本を選んでいるふりをした。

「失礼します」とひと声かけ、黒縁メガネが真芽の肩越しに本を棚に差そうとする。

真芽が一歩わきにどくと、「なにかお探しですか?」と声をかけられた。

「いえ、あのー、べつに……」

口ごもる真芽に、「もしかして村上さん?」と黒縁メガネが言った。

「はい?」とつぶやき、真芽は女性の名札を見る。「茄子《なす》」とだけ記されている。真芽が知っている「茄子」というめずらしい苗字《みょうじ》の女性はひとりしかいない。今はメガネをかけているが、その色白面長の瓜実顔《うりざねがお》にはどこか見覚えがあった。

「もしかして、〝ナスビー〟?」

「やっぱり村上さんだよね、六年二組の村上真芽さん、だよね」

黒縁メガネは長い顎《あご》をさかんに振り、口元をゆるめた。

「こっちに帰ってきたの？」

その言葉の意味が一瞬よくわからなかった。しかし考えてみれば、ここは自分が幼少時代を過ごした土地、つまり故郷というものかもしれない、と初めて思い至った。

「これから休憩だから、ちょっと話さない？」

小学生時代、〝ナスビー〟と呼ばれていた、当時から世話好きというかお節介なタイプだった茄子さんの誘いを断り切れず、真芽は自転車を引き、近所にあるベーカリーの飲食コーナーのテーブルに移った。

店内には自家製らしき焼きたてのパンが陳列されている。食事をすませていた真芽は迷ったが、試しにフルーツのタルトとコーヒーを頼んだ。喫茶店並みの出費は予定外のこともあり、少々痛い。レジの隅に袋詰めされたパンの耳が置いてあり、「ご自由にお持ちください」と書いてあった。

「なつかしいね」を連発する茄子さんとお互いの近況を話したあと、真芽はこの街を訪れている経緯を簡単に説明した。祖母が入院中のため、庭の世話をしに来ていることを。

「うん、覚えてる。まめ子のおばあちゃん」

茄子さんは早くもあだ名で呼んだ。「あれだね、おばあちゃん子だったよね。まめ子ン家《ち》の庭、いつもよく手入れされてたもんね」

「庭も覚えてくれてる？」

「うん、そんなに行ったことないけど、広くて素敵だった」

「ありがとう。でも今はちょっと、ちがっちゃってるかな。それで、どんな花を植えようかと思って」

「なるほど、それで『園芸　造園』のコーナーにいたわけだ。でも、遠藤生花店もなくなっちゃったしね」

同級生の遠藤君の名前がナスビーの口から飛び出し、真芽は驚いたが、「へえ、そうなんだ」としらばくれた。

「けっこう前にあった同窓会、まめ子は来なかったよね？」

「案内状はもらったと思うけど、私、引っ越したし」

「そんなの関係ないじゃん。でもあれだね、地元でやったせいか、半分くらいしか集まらなかったかな。男子は佐藤君が幹事でさ、遠藤君は来なかった。佐藤君の話では、遠藤君、千葉大の園芸学部を卒業したらしいけど」

話が少しややこしく、「佐藤君って？」と真芽は尋ねた。

「ほら、クリーニング屋の長男。クリーニング屋を継ぐのかと思ったら、今は手広くコインランドリーをやってるみたいよ。遠藤生花店があった場所にも出店したって話だから」

「あ」と真芽は心のなかでつぶやき、「佐藤コインランドリー二号店」の黄色い看板を思い出した。佐藤君というのは、「チンチョウゲ」の一件で真芽をからかったクラスメイトだ。まさにここは、自分が幼少時代を過ごした狭いエリアであることを思い知らされた。

「あれだね、だったらさ、花を買いたいならホームセンターの園芸コーナーへ行くといいよ。あそこなら詳しい人もいるから」

昔から「あれだね」が口癖だったナスビーは、にんまりとした。なにか企《たくら》んでいるようなその表情には見覚えがあった。ハルの家からも自転車でなら行けそうな距離のホームセンターの場所については丁寧に教えてくれた。

ベーカリーの前で別れた帰り道、ナスビーが遠藤君の名前を口にしたのは、偶然ではないような気がした。なぜなら小学生当時、ナスビーに好きな男の子の言い合いっこをしよう、ともちかけられたことがあったからだ。

そのとき真芽がしぶると、「私、知ってるもん。まめ子がだれを好きなのか」と言って面長の顔をにんまりさせ、「でもあれだね、まめ子は遠藤君とは結婚しないほうがいいよ」と言ったのだ。

「なんで?」と真芽は表情で訴えた。

そしてナスビーはあの言葉を口にしたのだ。

「だって、結婚したら『エンドウマメ』になっちゃうもん」

得意そうな瓜実顔を思い出した。

「――でも、たしかになつかしいな」

思わず真芽はつぶやき、自転車をこぎながらサドルから腰を浮かせ、今は笑うことができた。

五月五日、こどもの日、庭の隅に大きな穴を掘っていく。

これまで集めた枯れ枝や草を、佐倉市指定のゴミ袋に詰めはじめたものの、燃やせるゴミ袋は一枚三十リットルしか入らず、とても手間がかかる。有料で何枚必要になるか見当もつかない。

ならばと思い立ち、物置小屋からシャベルを持ちだし、その切っ先を地面に向けたというわけだ。穴に埋めれば手間も省けるし、もちろんタダでもある。時間が経《た》てば土へと還《かえ》るだろう。

しかし穴を掘るという作業が、これほど大変だとは思わなかった。汗だらけになった真芽は、ゴクゴクと喉《のど》を鳴らして水分を補給した。

ようやく直径及び深さ五十センチほどの穴をこしらえると、ふらふらと玄関まで歩き、レンガの花壇にできた隙間《すきま》から鍵を取りだした。

気温が上昇し、水分をとりすぎたせいか、お腹の調子がよろしくない。危急の事態に、急ぎ滑らせた引き戸を閉める間もなく、並んだ履き物を押しのけるようにして、汚れたスニーカーを脱ぎ捨て、廊下に日差しを投げる洗面所の窓の先、右手にあるトイレに駆けこんだ。

用を足し、「はあー」とひと息つく。

トイレから出て、隣にある今ではめずらしいタイル張りの洗面所で水道の蛇口をひねる。庭の立水栓は使えなかったが、こちらはふつうに水が出てくる。ありがたい。

青地のモザイクタイルの上、受け皿に載った白い固形石けんは、薄くなったもの同士を重ねて貼りつけてある。昭和感漂うアクリル製の水色のコップには、ずいぶんと毛の開いてしまった歯ブラシが一本、ぽつんと差してあった。

ハルの慎《つつ》ましい暮らしぶりを垣間見た気がした。子供の頃、物を大切にするよう教わったことを思い出しながら、両手で水をすくってがらがらと音を立てうがいをした。

玄関に引き返そうとしたときのことだ。廊下に靴の足跡を見つけた。

だれかが土足でこの家に上がったのだ。靴底の模様にはギザギザがなく、ひらべったい革靴のようでもあった。

四月のはじめに入ったときにはなかった。それとも気づかなかっただけだろうか。

大人の、大きさからすると男性のものであろう足跡は、玄関から居間のドアまでを往復している。

真芽の心がざわついた。

足音を忍ばせドアに近づくが、ハルとの約束を思い出した。

「絶対に、ほかの部屋には入らないでおくれよ」

そう言われると入りたくなるのが人情というものだ。「鶴《つる》の恩返し」じゃあるまいし。それに今は非常事態でもある。

居間のドアノブに手をかけ、音を立てないようゆっくり薄く開く。洗面所の窓から差しこむ光に、室内がぼんやりと浮かび上がる。部屋の奥、庭に面したサッシの、閉ざされた雨戸の隙間から細く光が差しこんでいる。人の気配はない。機《はた》を織る鶴の姿もももちろんない。右手にある黒いソファー、奥にある六人掛けのダイニングテーブルの位置は昔と変わらない。

　次第に目が慣れてきた真芽は、その部屋の異変に気づいた。

　三人掛けの黒いソファーの背には、なにやらたくさんの衣類が乱雑に掛けられている。コートやセーターやカーディガンといった冬物衣料だ。女物だけではなく、なぜか男物の半纏《はんてん》などもある。座面は、ボストンバッグやショルダーバッグ、ハンドバッグといったカバン類で埋め尽くされている。女物の長財布のチャックは開いたままだ。ソファーの前の長方形のテーブルの上は、郵便物らしき封筒や葉書、チラシ類が今にも滑り落ちそうに積み重なっている。

　もっとよく見ようと一歩前に踏み出すと、絨毯《じゅうたん》の下の床がたわんだ。

　視線をサッシ近くにある大きなダイニングテーブルに移す。真芽たち家族が暮らした当時のままに、六つの椅子がセットされている。そのテーブルの上には、なにか黒いものがこんもり盛り上がっていた。

　なんだろう？

　真芽は鼻をひくひくさせた。

　このにおいは――。

　さっき庭の地面を掘り返したときのにおいに似ていた。

ということは、土？

家のなかに、なぜ？

そこでようやくひらめいた。

――泥棒の仕業だ。空き巣に入られたのだ！

真芽は後ずさり、入口までもどった。

隣の老人、庭をしげしげと眺めていたニューヨークヤンキースの帽子をかぶったジジローの姿が頭に浮かんだ。あの男の仕業かもしれない。

と、そのとき、廊下のほうで物音がした。

もしや泥棒はまだ室内に潜んでいるのか。

頭皮がカッと熱くなり、瞬《また》く間に全身が総毛立つ。冷たい汗がうなじから首筋へと流れる。

あわてて廊下を玄関へ向かうと、閉め忘れた引き戸が半分開いている。靴下のまま外に飛び出し、振り返る。

廊下の先でなにかが動いている。

それは茶色っぽかった。

しかも尻尾《しっぽ》がある。

そして、「にゃあ」と鳴いた。

立ち尽くす真芽の横を通りすぎ駆けだしたのは、庭によくいるノラ猫だった。

スニーカーの踵《かかと》を踏んだままはき、引き戸の鍵を閉めた真芽は、庭ではなく、人通りのある国道までいったん退散した。すぐに警察に連絡すべきかと思ったが、まずは母の携帯に電話をかけ、たった今、自分が目にしたことを早口になりながら伝えた。

すると、「ちょっと待ってね」と典子の声が聞こえ、少し間を置いてから父の健一に代わった。ゴールデンウイークを使って、幕張のマンションに帰っていたようだ。

「ご苦労さん。今日も行ってくれてるんだってな。母さんから話は聞いてるよ。ありがとうな」

ひさしぶりに聞く健一の声は落ち着いていて、余計に真芽を苛立《いらだ》たせた。

「だからそれどころじゃないの。家のなかが大変なの」

一拍置いて、「知ってる」と健一の声がした。

国道を行き交う車の音で聞きまちがえたのかと思った。

「え、なに?」

「じつはこないだ、ひとりで見に入ったんだ。これからのこともあるからね」

「じゃあ警察は？　もう連絡したの？」

「落ち着きなさい。心配ないから」

「どういうこと？　空き巣に入られてるよね。廊下に靴の足跡がはっきり残ってる」

「ああ、たぶんそれは父さんのだ。土足で失礼したから」

健一は冷静さを装《よそお》ったまま続けた。「ほかに変わったことはないか？」

「変わったこと？」

それならたくさんある。でも、真芽は「はあー」と息を吐いたあと、「ないけど」と答えた。

「父さんも驚いたよ。家のなかがあんなことになってるとは、正直想像もしてなかった。どうやら、おばあちゃんに、なにかが起きてるらしい」

遠回しな表現を使った。

「なにかって、なに？」

「まだよくわからないけど、アルツハイマーだと思う」

その言葉は聞いたことがあった。でも真芽は正しく理解することができなかった。ただなんらかの病気を示す言葉だと受けとめた。

それを察知したように、「認知症の一種だよ」と健一は言い直した。

「惚《ぼ》けてるってこと？」

「おそらくね」

「でも父さんたちは、ハルばあと会ってたんでしょ。年の初めにいつものファミレスで一緒に食事をしたって、母さん言ってたよ。そのときは変わりなかったって。しっかりしてるって」

「だと思ってた。ついこないだまで」

健一が短く洟《はな》をすする音がした。

「どういうこと？」

「気づかなかった」

「なにそれ？　気づかなかった？　そんなのおかしいじゃない。なんで食事のあとに家に寄らなかったの？　家のなかの様子を見ることくらいできるよね。自分の親なんだよ」

めずらしく真芽がとがらせた言葉に、健一は沈黙した。

真芽の言っていることは、自分自身にもあてはまるはずだ。それはわかっていた。だからかもしれない。簡単には認めたくなかった。

黙りこむ父に向かって、「そんなことないよ」と言った。真芽は思い出し、きっぱりと告げた。「だっておばあちゃん、私が忘れちゃった花の名前だって言えるんだよ。覚えてるんだよ。自分は惚けてないって、笑ってたもん」

「真芽……」

「いいよ、わかった。それならもう一度家に入って自分の目でたしかめてみる」

「いや、やめたほうがいい。今日はもういいから、無理せずこっちへ帰ってきなさい」

「どうして？　ここはついこないだまでハルばあが暮らしてた家なんだよ。私たち家族が暮らしてた家でもあるんだよ」

しゃくりあげたとき、真芽の喉が「ヒュー」と鳴った。

悔しかった。

腹が立った。

けれど、その感情をどこにぶつけるべきなのかわからない。

父との通話を切り、自分の手で手入れした路地に入ろうともどりかけたとき、背後で自転車のブレーキの音が派手に鳴った。

「あぶねえだろ！」

ハンドルを握っている老人がにらんでいる。

たしかに電話に夢中になっていた自分にも非があった。でも男は自転車で右側通行をしていた。しかもここは歩道じゃないか。

「――すいません」

真芽が頭を下げると、老人はフンとそっぽを向き、ペダルをこぎ出した。そのしわにおおわれた敵意に満ちた顔は、「最近の若いモンは」と言っている気がした。

ポケットのカラー軍手を両手にしっかりはめ、真芽は再び引き戸を開けた。

廊下の突きあたり、かつて真芽たち家族が暮らしていた部屋に通じるドアのあたりは仄暗《ほのぐら》い。見上げた天井には古い蜘蛛《くも》の巣が垂れさがり、廊下の両端には灰色の埃《ほこり》がたまっている。動きのない屋内の空気はどこか重たく、まるで邪悪なものが潜んでいるようにさえ感じる。

〝お願い　家には入らないでください〟

柱の貼り紙が目に入った。

けれど真芽はもう躊躇《ちゅうちょ》しなかった。

スニーカーを脱ぎ、さっき足を踏み入れた居間にもう一度向かう。衣類やカバンに乗っとられたソファーの前をそろりそろりと進む。床のたわみを足の裏に感じながら、なにかが盛られたダイニングテーブルの向こう側、縁側に面したサッシまでたどり着いた。

急ぎカーテンを開け、サッシの鍵を開ける。太陽の熱で温まったアルミの雨戸のフレームをつかみ、横に滑らせる。陽の光を浴びた瞬間、まぶしさに目を閉じる。目映《まばゆ》い陽射《ひざ》しが部屋の奥にまで差しこんでくる。

真芽はゆっくり息を吐き、胸いっぱいに外の空気を吸いこんだ。

足もとには縁側があり、緑豊かな庭が見えた。

庭先の常緑樹の茂みの向こうを京成電車が通り過ぎていく。その轟音《ごうおん》に負けないように、ガラガラと続けざまに雨戸を戸袋に押しやり、部屋の隅々にまで光を行き渡らせた。

室内の状況をあらためて目の当たりにした真芽は息を呑《の》んだ。

ここで人が、祖母が、暮らしていたとは思えない光景だった。父が土足で失礼した、と言った理由がわかった。

ダイニングテーブルの上の小山は、やはり土だ。「腐葉土」と大きく書かれた分厚いビニール袋と植木鉢が近くに落ちている。なぜテーブルの上に土を盛ったのか、もちろんわからない。たしかに泥棒が入ったとしても、ここまでの所業をするとも思えない。土は、テーブルの周囲にもこぼれていた。

居間の奥にあるドアは開いたまま。そこから二間続きの和室になっている。手前の六畳間に仏壇があり、透かし彫りの欄間《らんま》の向こう、奥の間を祖父母が寝室に使っていた。今は襖《ふすま》で仕切られ、仏壇のある手前の部屋に布団《ふとん》が敷きっぱなしだ。

布団のまわりには、畳が見えないくらい衣服が散乱している。こちらも雨戸を開け、光と風を入れた。この家の心臓であるかのように、柱時計の針は止まっている。鴨居《かもい》に並んだ祖父、曾祖父母《そうそふぼ》の遺影に向かって、思わず真芽は手を合わせた。

――助けてください。

居間にもどり、祖父母の寝室とは反対側に続く、縄のれんで仕切られている台所の様子をうかがった。こちらはなぜか荒れた様子はない。古くはあるが、よく磨かれたステンレスの流し台の上には余計なものはなく、整頓《せいとん》されている。庭がハルの憩《いこ》いの場であるとすれば、台所はハルの仕事場といってよかった。多くの時間、ハルは台所にいた。朝、そして夕方。真芽たちが学校に行っている、おそらく昼にも。

両親が共働きだったこともあり、ハルは毎日家族六人分の食事の準備をしていた。その後ろ姿を真芽はよく覚えている。目を閉じれば鮮明に思い出すことができる。背の低いハルは、祖父がつくった木製の踏み台に乗ってまな板に向かっていた。

料理だけでなく、ハルは自分に任された家事を淡々と、そして時に楽しげにこなしていた。だからかもしれない。家族は一度も感謝の言葉を口にしたことはなかったはずだ。真芽にしても同じだった。

ハルは料理の手際がよく、その腕はたしかだった。真芽もいつしか一緒に台所に立ち、手伝いをするようになった。とくにおやつづくりが好きだった。流し台の奥に並んだ、所々へこみのある鍋《なべ》、使いこまれたフライパン、食器棚の皿やカップの模様には見覚えがある。

台所のハルがいつも立っていた位置、その正面の窓際に、写真立てを見つけた。庭の満開の桜をバックに、祖父母、そして真芽たち家族が一緒に写っている。ふた家族がここで暮らした際の記念写真のようだ。幼い真芽は、額《ひたい》に垂らした前髪を水平に切りそろえた、おかっぱ頭をして、母とではなく、穏やかに微笑《ほほえ》むハルと手をつないでいる。

冷蔵庫や炊飯器は、まぎれもなくかつて暮らした真芽たちのためのサイズだ。ひとり暮らしのハルには大きすぎる。電気代だって無駄にかかるだろうに、どうやら買い換えず使い続けていたようだ。

今ではめずらしい白い扉の大型冷蔵庫には、いくつもメモが貼ってある。

「ガスの火をかくにんする」

「せんたくものとりこむ」

「デンキを消す」

日常におけるこんなあたりまえとも思えることが、ハルには心配になっていたのだろうか。

「味つけの順番　さしすせそ　さとう　塩　酢　しょうゆ　ミソ」

失いかけた記憶を留めようと、ペンを走らせたのかもしれない。

清潔に保たれている台所の状況にひと安心した真芽は、冷蔵庫の扉の取っ手をつかみ、なにげなく開いた。やわらかな光りが真芽の頬をやさしく照らす。なかをのぞきこんだまま、真芽は動けなくなった。

異様な光景がそこにあった。だが、目をそらさなかった。そらしてはいけない、と自分に強く言い聞かせた。

真芽の華奢《きゃしゃ》なからだがわなわなと震え、頬にひと筋の涙が流れる。

――どうして？

その疑問符はハルに向けられたものではなかった。

どうしてもっと早くこの家を訪れなかったのか。

どうしてもっと早く気づいてあげられなかったのか。

どうして長いあいだハルをひとりぼっちにしたのか。

真芽は肩で冷蔵庫の扉を押さえたまま、自分の顔を両手でおおい、さめざめと泣いた。

瓶のなかのべっこう色の液体に沈んだ、黒く変色した梅の実。白濁《はくだく》した液に浸《つ》かった、らっきょう。茶色くなった下関珍味特選うにの瓶詰め。タッパーの中でどろどろになったものは、それがなんだったのかさえわからない。あらゆるものにカビが生え、腐敗し、あるいは干からびている。

ハルが入院した日から三カ月が経っているとはいえ、それ以上の年月の経過によるものであることは明らかだ。通電された冷蔵庫のなかであっても、このような状況が起きると初めて知った。

黄色く分離したマヨネーズの横に並んだドレッシングなどの調味料の多くは、賞味期限が切れている。一年前はざらで、なかには二〇一一年、東日本大震災が起こった年の表示さえある。かと思えば、その隣に賞味期限の切れていない未開封の豆板醬《トウバンジャン》の瓶詰めが並んでいる。

上段の冷凍庫は、たくさんの霜に覆《おお》われていた。「たべられません!」と注意書きのある手のひらサイズの保冷剤が、氷をつくるトレーの上にいくつも重なっている。赤く凍っているのは、カラカラになったズワイガニの甲羅。そしてなぜかジョウロの先につける〝ハスの実〟が出てきた。

下段の野菜室も大差ない。カビが生えたニンニク。真っ黒になって張りついているのは、バナナだろうか。干からびたサツマイモを包んでいる新聞紙のわきに、白い封筒を見つけた。なかには、ハルの名前が印字された薬の明細書があった。それをジーンズのポケットにねじこみ、野菜室の引き出しを収め、いったん廊下に退散する。

吐き気を催して洗面所の前に立ったが、なんとかこらえた。

いったいハルはなにを食べて生きていたのか。ハルの暮らしは破綻《はたん》していたようにさえ思えてきた。

廊下の先の暗がりを見つめる。もうやめようかと一瞬迷うが、右足が前に出る。その先には、真芽たち家族が使っていた部屋がある。トイレの扉の前を過ぎ、まずは両親の部屋へ。静かにドアを引き、西側の雨戸を開け、窓を全開にする。六畳間には、椅子や暖房器具や扇風機などが雑然と並び、使われている様子はない。

両親の部屋の奥に、真芽と樹里、二人の子供部屋に通じるドアを見つけ、その前で立ち止まった。胸が息苦しい。この部屋までも居間や冷蔵庫のような惨状であれば、もはや救いがない。

深呼吸を入れ、冷たいドアノブを握る。真芽は一拍置き、自分を奮い立たせ、そして強くドアを引いた。

薄暗がりのなか、まっさきに目に飛びこんできたのは、壁に画鋲《がびょう》で貼られた一枚の絵だった。それは縁側に腰かけ、足をぶらぶらとゆらしながら真芽が描いた、この家の庭の水彩画だ。季節は春。画用紙の上には、桜の花や色とりどりの草花が咲き乱れ、チョウが飛ぶ、かつての庭の姿があった。

それだけではない。真芽と樹里の部屋は、ほぼ当時のまま手つかずに残されていた。引っ越しの際、置いていった子供用の二段ベッドも、真芽と樹里の使っていた学習机も、そのわきに掛かっている、擦り切れたランドセルも、黄色い学帽も、ハルが縫ってくれたキルティングの入れ物に入ったリコーダーも、そこに存在した。

壁のカレンダーは、真芽たち家族がこの家を離れた年のものだった。まるで小学生時代にタイムスリップしたみたいだ。

この部屋が意味することは、明らかだ。ハルは、祖父と共に待っていたのだ。祖父が亡《な》くなったあとも、あの日からずっと、私たちが帰ってくるのを——。

ハルがひとりで過ごしたその歳月を思うと、真芽は目眩《めまい》がした。

外の空気を吸いたくなり、雨戸を開けた。栗の木の下に居合わせたハトが驚き飛び立ったあと、縁側に出てみた。あまねく庭を照らす太陽の光に自分を晒《さら》し、庭を眺めると気分がやわらいでいく。

そのまま縁側に腰かけ、足をぶらぶらさせ、真芽は思い出した。この場所でハルと交わした言葉を――。

あれは夏の初めのことだった。庭にはたくさんの花が咲いていた。

「まめ子は将来なにになるね？」とハルが突然問いかけてきた。

真芽は、ハルの手づくりプリンを味わいながらぼんやり考え、そして微笑んだ。

「私ね、大きくなったら、お店屋さんになるの」

「お店って、なんの店をやるんだい？」

「ハルばあみたいに、おいしいおやつをつくって、みんなに食べてもらうお店」

「へえー、そうかい」

ハルは目尻《めじり》にしわを寄せ、うれしそうにうなずいた。

「どうかな？　お客さん来てくれるかな？」

「楽しみだね。今日、まめ子は、自分の夢の種をまいた。きっとその種は土に根を張り、芽を出し、大きく育っていくだろうよ。そのための準備を、ハルばあも今からしておこうかね」

「うん、お願いします」

「いいかい、まめ子。おまえは私と同じくからだも小さい。器量よしじゃない。だからまじめにコツコツやることさ。それがいちばんの近道になるよ」

この庭で、この縁側で、そう話してくれた。

武蔵境のアパートに帰ったのは、午後九時過ぎ。洗面所でよく手を洗い、何度もうがいをしてシャワーを浴びた。ぺこぺこのお腹は、つくり置きしている得意のパンケーキをレンジで温め、焼いたベーコンエッグを添えてしっかり満たした。

遅くなったのは、ハルの家の冷蔵庫に入っていたものをすべて庭に持ちだし、穴を掘って埋めたからだ。臭《にお》いがきつく、瓶詰めなどは内容物を取り出すのに手間どった。居間のダイニングテーブルに盛られた腐葉土も庭に返した。そこまでひとりでやり遂げたのが、自分でも信じられなかった。ハルの庭での経験のなせる技だ。

ひさしぶりに訪れた生家の庭は、野原のようなありさまだったけれど、手を入れることによって少しずつ変わっていった。毎日コツコツ続ければ状況が変わる。そのことを、身をもって知ることができた。今ではあの庭が真芽にとって居心地のよい場所になりつつある。だからきっと、あの家だってなんとかなる。いっこうに花をつけない窓辺のサボテンの鉢を眺めながら、真芽は思った。

会社をやめてからの自分は、少しも前に進めなかった。いつまでも同じ場所に立ち止まり、人を恨んだり、自分を責めたり、後悔したりした。鎌倉でのカフェの計画を一緒に立てた大学時代からの友人、さおりと、つき合っている気でいた同僚の克己とは、あれから一度も会っていない。

真芽にとって大好きな街、鎌倉を逢瀬《おうせ》の場所に使った二人を目撃し、克己に別れを告げたとき、思いがけない言葉を返された。「大きなかんちがいだよ。そもそも君と僕はつき合ってなんかいない。ただ一緒に遊びに行ってただけじゃないか。夢を見るのは自由だよ。でも、巻き込もうとしないでくれる？　カフェの話だって、さおりと一緒におもしろがってただけなのに。まさか本気だったなんて……」と。そんなふうに思われていたとは想像もしなかった。

今思えば、あの頃はカフェ開業に向け夢中になりすぎ、まわりが見えなくなっていたのかもしれない。大切なものを見落としていたような気がする。

もうそのことはいい。すべては終わったのだ。

でも、忘れたいのに、忘れられない。

それでも今は、毎日少しずつでも前進している気がする。日々の些細《ささい》な出来事に心を動かしている。たとえ定職に就いていなくても、生きている気がするのだ。ささやかかもしれないが、自分の役目があるように感じられる。

明日のことを考えはじめたとき、そうだ、と思い出し、脱いだジーンズのポケットから、冷蔵庫の野菜室で見つけた薬の明細書を取りだした。そこには、「アリセプトD　1錠　1日1回朝食後。抑肝散　1日3回毎食前」と印字されていた。

ネットで調べたところ、アリセプトの効能・効果は、「アルツハイマー型認知症及びレビー小体型認知症における認知症症状の進行抑制」とあった。また、抑肝散は、「神経の高ぶりをしずめる漢方薬」と記され、「精神・神経疾患の補助薬としても処方される」という説明を見つけた。

だとするなら村上ハルは、認知症と診断されていたということになる。薬を処方されていたハルは、自分にそのような症状があると自覚していたはずだ。なぜそのことを、私たち家族に伝えなかったのだろう。いや、伝えたくなかったのかもしれない。それとも、そのこと自体さえも、冷蔵庫の野菜室に薬の明細書を入れたことと同じように、忘れてしまったのだろうか。

乾ききっていない前髪を垂らし、長いため息をついた。

気になった点がもうひとつあった。健一は電話で、「アルツハイマーだと思う」と言っていた。そして認知症の一種だと。ただ、アリセプトの効能・効果にある「レビー小体型認知症」についてネットで調べたところ、その中核的特徴として「幻視」が挙げられていた。

「幻視」とは、「実際には存在しないものが存在するかのように見えること」だ。これまでハルは、度々真芽が戸惑う言動をくり返してきた。たとえば、庭にだれかが来るとか、だれかに追われていたとか。お腹をすかせた子供がやって来るとも言っていた。

それを信じていたが、それらはすべて幻だったのではなかろうか。ハルには、レビー小体型認知症による症状がいくつもうかがえた。

そのことをメールに記し、健一に送り、ようやくベッドに入った。ハルのことを思うと悲しくなったが、一日動きまわり疲れたせいか、以前のように寝つきがわるくなったりはしなかった。

真芽のからだは、休息を欲していた。

また明日も、一歩でも前に進むために。

小満　種を買う

翌日、真芽がハルの家を訪れると、隣家の老人、ニューヨークヤンキースの帽子をかぶったジジローが、以前と同じようにこちらの庭を眺めていた。気づかぬふりをして庭の奥へ行こうとしたら、「いやー、きれいになってくねー」と感心したような声が追いかけてくる。

「——あ、こんにちは」

真芽は振り向き、ぺこりと頭を下げた。

「どうもどうも」

ジジローは、意外にも笑顔だ。

どうしてよいかわからず、「あのー、私、村上ハルの孫です」と挨拶《あいさつ》をした。

「ああ、お孫さんでしたか。いえね、ハルさんもお年でしょ。庭のめんどうをみきれんようだったから」

「ええ、そのようで……」

「以前は見事な庭だったけどねえ」

ジジローはそう言って帽子のツバに手をやると、家のほうへ引き揚げていった。

その後ろ姿を見つめながら真芽は戸惑った。これまでのジジローの印象は最悪だった。それが話してみれば、気のいいおじいさんのようにも思えてくる。

いや、だが、ジジローの行為は許されるものではない。真芽はこの目で見たのだ。ウチの庭に、自分が切った木の枝を投げこんでいる姿を。安易に心を許してはいけない。なにか魂胆があるのかもしれない。

隣の庭を見やると、畑の苗がすくすくと育っている。ミニトマトだろうか、まだ青いが、実を鈴なりにつけていた。

典子がやって来たのは、真芽がマスクをして屋内の掃除をはじめたときだった。

「これはすごいことになってるねぇー」

居間の様子を見た典子はあきれたが、それ以上余計なことは言わず、掃除を手伝ってくれた。昨夜、真芽が健一宛《あて》に送ったメールを読んだのだろう。明日も佐倉へ行くと真芽は文末に添えておいた。

散らかった衣類を片づけ、掃除のじゃまになる椅子《いす》などは縁側に持ち出した。ハタキで古い蜘蛛《くも》の巣を払ったあと、同じようにマスクをした典子が掃除機をかける。畳の部屋の敷きっぱなしの布団《ふとん》は外に干し、真芽は、先のすり減った座敷箒《ざしきぼうき》を手にした。二人でやると作業は思いのほか捗《はかど》った。

次々に部屋を片づけ、掃除していく。家が目に見えてきれいになっていく。そのことが気持ちよく、うれしかった。

掃除機を止め、じゅうぶんに換気をしたら、昔の面影を残した家は息を吹き返したように、真芽にとってなつかしく感じられた。

典子の話では、今日健一はハルを見舞いに行った先で叔母の良枝《よしえ》と会い、今後のことを相談する予定らしい。良枝もまた、ハルの家の惨状を知らなかったという。歯に衣《きぬ》を着せぬタイプの良枝は、ハルのつくったものを口にするのを夫や息子が嫌がるようになってからは、家に上がっていなかったそうだ。良枝自身も、ハルの家の食器に洗い残しがあり、注意をしたことが何度もあったらしい。高齢の母親を相手に、ずいぶんな言いようにも思えたが、あの冷蔵庫を見た今では、それもいたしかたない気がした。

遅い昼食は、典子に誘われ、近くにある和食のファミレスまで歩くことにした。ハルと会うとき、いつも使っていたチェーン店だと聞いた。多くの場合、ハルは日替わりの和定食を頼んでいたらしい。真芽もそれにすることにした。

「おばあちゃんは、ここでよく食事をしてたみたい」と典子が言った。

「それって、ひとりで？」

「だと思う」

「ハルばあ、あんなに台所に立つのが好きだったのにね」

真芽はつぶやき、脂《あぶら》の乗った鯖《さば》の塩焼きに向けた箸《はし》を止めた。

尋ねたわけではないが、典子はハルの認知症に気づかなかった理由を口にした。ここで食事をするときのハルは、とても穏やかで受け答えもしっかりしていたのだと。

そして家に上がらなかったのは、健一があの家を出るとき、そう決めたからだと漏らした。

「二度とこの家の敷居をまたがない。あの日、お父さん真剣な顔でそう宣言したの」

典子は食後に出されたお茶の湯飲みに両手を添えた。

あの日とは、家族が引っ越しをした日だ。

「なにがあったの？」

「家の建て替えのことでね、お父さんとおじいちゃんがもめたの」

「なんとなく知ってるけど、いったいどんなことで？」

「あの家は二世帯で暮らすには狭すぎたのよ。平屋だし、あなたたちだって大きくなるしね。おトイレもひとつ、お風呂《ふろ》もひとつしかない。お父さんは長男でしょ。だからお金はこちらが出すから、家を建て替えましょうって話になって、おじいちゃんもおばあちゃんも賛成したわけ。それで仕事の忙しいなか、週末になると住宅展示場へ行ったり、ハウスメーカーの人と会って見積もりをとってもらったりしたのね。でも、いざこれで建て替えます、と私たちが練りに練ったプランを提案したとき、おじいちゃんが態度を変えたの。最後の最後になって、やっぱりできないって」

「どうして？」

「気持ちが変わったんでしょ」

「だからどうして？」

「真芽はおじいちゃんのこと、覚えてるよね？」

「覚えてる。物静かでやさしかった」

「そうだったよね。穏やかな口数の少ない人でね。だからほんとうのところ、よくわからない。家のローンはすべて私たちが払うつもりだったし、お互いの家族のスペースが確保できるはずだったからね。でも結局は、反対だったんだよね。たくさんのお金を借りて長いあいだ払い続けるくらいなら、よそで家を持つべきだって、お父さんは言われたみたい。たしかにそういう方法もあった。でもね、その気になって、多くの時間と労力をかけて計画したお父さんとしたら、話がちがう、嘘《うそ》をつかれた、と思っても当然なのよ。口約束とはいえ、一度は賛成したわけだからね。最後は口論になって……」

典子はお茶を飲むと続けた。「この家にはどうせ長く住めない。だったら、子供たちのことを考えれば早く決断すべき、お父さんはそう判断したの。だから私たち家族はあの家から急遽《きゅうきょ》引っ越して、それからは距離を置くようになったの」

「――そうだったんだ」

真芽はそう言うしかなかった。

祖父母が変節し、両親との約束を反故《ほご》にした。それが引っ越しの真相なのだと。

典子が店の伝票を手にしてテーブルを立とうとした際、真芽は今月中に東京のアパートを引き払うことを伝えた。

「そう、それはよかった」

典子は真芽の手を取り何度もうなずいた。「いつでも帰ってきなさい」

引っ越しの段取りについて心配されたが、必要なものだけ残して、あとは売るつもりだった。
「ベッドはウチには余ってないからね」と言われると、「うん、それは問題ない。あるものでなんとかするから」と真芽は答えた。

午後三時過ぎ、そろそろ帰ると言い出した典子に、真芽は冷蔵庫の野菜室で見つけた薬の明細書を渡した。バッグにしまった典子は、「これ、お父さんから」と言ってポチ袋を差し出した。なかには折りたたんだ一万円札が入っている。いろいろありがとう、という意味らしい。お金には困っていたのでありがたく頂戴《ちょうだい》した。

そのお金を財布にしまい、典子と別れた真芽は、自転車に乗って花を買いに行くことにした。ペダルをこいで向かったのは、小学生時代の同級生、ナスビーが教えてくれた郊外にあるホームセンターだ。花だけでなく、必要な園芸用品もできれば買いそろえたかった。たとえば園芸用の手袋や帽子、庭用のブーツなどを。

到着したホームセンターの敷地はかなり広く、さまざまな商品を扱っていた。日用雑貨をはじめ、ペット用品やカー用品、日曜大工どころか、プロが使うような専門的な工具や資材、大きな物置や小型の耕運機までもがふつうに展示販売されている。

けれど真芽にはなにがどこにあるのか広くてよくわからず、迷っているうちに屋外にある園芸コーナーにたどり着いた。

「うわー」思わず真芽は声を上げた。

そこには色とりどりの花苗がずらりと並び、まるで花畑のようだ。その向こうには、野菜の苗や果樹、あるいは二メートルを越す庭木も陳列されている。ここには園芸に詳しい人がいる、とナスビーが言っていたのを思い出した。

たくさんの花や緑を目にして気分が高揚《こうよう》した真芽は、鉢植えの前でしゃがんでいる店員に声をかけた。

「あのー、すいません。ちょっと教えてほしいんですが」

真芽はジーンズのポケットからスマホを取りだし、庭に生えている謎の木の画像を表示させた。「この木なんですけど、なんだかわかりますかね？」

返事もせず立ち上がった男性の店員は、真芽が見上げるほど背が高かった。百八十センチはあるだろう。作業用エプロンをかけ、顔には白いマスクをしている。

「え？」

突然の質問に戸惑ったような目が、「これですか？」と画面をのぞきこんだ。

「そうなんです」

無愛想にも思える対応に真芽は一瞬ひるんだ。

しかし店員は、「この葉の植物なら、柑橘《かんきつ》類ですね」とあっさり答えたではないか。

「柑橘類というと、ミカンとか？」

「葉の部分をよく見せてもらってもいいですか」

「はい、どうぞ」

真芽は人差し指と親指を使って画像を拡大した。

「この葉だと、レモンですね」

マスクを通してくぐもった声が言った。

「そうなんですか？」

言われてみればこの葉っぱは、庭に生えている夏ミカンの葉に似ている。アゲハチョウが卵を生みつける葉だ。しかし、レモンとは意外だ。

だとすれば、ハルが植えたのだろう。スマホで撮ったこの葉っぱの木は、ほかの正体不明の木よりも背が高く、真芽の背丈ほどの高さがある。よく似た葉の幼木がほかにもあったはずだ。それらもレモンなのだろうか？　あるいは別の柑橘類なのか。

「じゃあ、これは？」

真芽は別の木の画像を指さした。スズランのような白い花を咲かせていたやつだ。

「ああ、ブルーベリーですね」

「あの目がよくなる？　ポリフェノールの一種、アントシアニンが豊富なブルーベリー？」

大学で学んだ栄養学の知識が自然と口を衝《つ》いた。

「まあ、ブルーベリーがほんとうに目によいのかは、よく知りませんが、まちがいなくラビットアイ系のブルーベリーです」

「ラビットアイ？」

「ええ、実が熟す前に、ウサギの目みたいに赤くなる品種です」

ほんとかな、と真芽は思ったが、店員は至って冷静だ。

「じゃあ、こっちは？」

しわしわになった赤い実をぶら下げている木は、「万両《マンリョウ》」。大きな手のような葉の植物は、「八つ手《ヤツデ》」とすぐに答えが返ってくる。

淡々と答えるこの樹木のような気配の店員は、人間植物辞典のようだと感心し、うれしくなった。

「じゃあ、今見てもらったものは抜かないほうがいいですよね？」

「どうかしたんですか？」

「いえ、たくさん生えてるんです。庭に、こういうのが。抜いたら、もったいないですもんね？」

「まあ、今答えた植物は、すべてこの店で取り扱っていますよ」

「売り物ということでしょ？」

「ええ、まあ」

店員は大きなからだで小さくうなずいた。

そうであれば、わざわざハルが買って庭に植えたわけで、勝手なことはできない。もしかしたら買ったのを忘れて、何本も植えてしまったのかもしれない。哀《かな》しいことではあるが。

「助かりました」

真芽は丁寧にお辞儀をした。

「ところで」と店員が続けた。「おばあさん、お元気ですか？」

「え？」

「――どうも」

マスクを外した店員は、どこか照れくさそうな笑みを頬に浮かべている。

もしかして、この人は――。

ふわりとやわらかな風が吹き、新緑の薫《かお》りが舞い、真芽はようやく気づいた。園芸コーナーの店員は、小学校の同級生、遠藤生花店の息子、真芽の初恋の相手、遠藤君、その人なのだと。

初恋の人、遠藤君との再会。

なんて偶然なのだろう。

運命かもしれない。

などと真芽が早合点したわけではない。

むしろ、これはもしや、と疑った。

「花を買いたいならホームセンターの園芸コーナーへ行くといいよ。あそこなら詳しい人もいるから」と助言してくれたのは、図書館で会ったナスビーこと、小学校の同級生の茄子さんだ。彼女の仕組んだ、いわば罠《わな》だと気づいた。ナスビーの言った「詳しい人」とは、遠藤君だったのだ。

ここへ来たきっかけを話したところ、「ああ、ナスビーなら、ちょくちょく顔を出すよ」と遠藤君はあっさり答えた。「こないだ、まめ子が来るかもって言ってた」

真芽は悟られぬようため息をついた。

ホームセンターの園芸コーナーで働く遠藤君は、小学校時代の面影がないとは言わないが、笑ってしまいたいくらい変わっている。その驚きを口にしたところ、「そうかもね。でも村上さんはちっとも変わってないね」と言われた。もちろん誉《ほ》め言葉とは受け入れがたい。

真芽は、質問の理由を伝えるために、祖母と庭の事情を簡単に説明した。すると遠藤君は口元を引きしめ、じつはハルさんのことで気になっていたことがある、と言い出した。

それはまだ遠藤生花店が営業していた当時のことで、店番をしていた父親から聞いたのだそうだ。来店した客から、店で買った花について苦情があったと。その相手がハルだった。

「え？」

真芽はからだを硬くした。「それってどんな苦情だったの？」

「親父《おやじ》は、ハルさんから『いっぱい食わされた』って言われたらしい」

「どういうこと？」

もちろんその言葉の意味ならなんとなくわかる。しかし花屋の店先で使うせりふとは思えない。

「うちで買った花が、期待外れに終わった、という意味だろうね。親父はとりあえずハルさんに謝って、代金を頂戴した花苗の交換を申し出たらしい。でもハルさんは、『もういいの』ととり合わなかったようなんだ。『私がほしかったのとはちがったけど、花は咲いたから』って」

その話を夕飯の席で一緒に聞いていた遠藤君の母が訝《いぶか》った。ハルは長年のお得意様であり、花苗を買うのには慣れている。それに交換を遠慮する間柄でもなかろうに、と。

結局、遠藤生花店では、ハルが買った花苗も、咲いたというその花についてもわからず終いだった。

「それっていつ頃の話かな？」

「僕が学生の頃だから、三年前くらいかな。たしか五月、小満《しょうまん》くらいだったと思う」

「ショウマンって？」

「五月の二十一日頃のこと。日本には春夏秋冬、つまり四季があるけど、それをさらに二十四の季節に分けた呼び方のひとつ。ほら、春分とか夏至とか言うでしょ。小満もそのひとつ。草木があたりに満ちはじめる、という意味だと僕はとらえてる。仕事柄というか、自分はその二十四節気《せっき》で、種をまく時季とか、花が咲くのがいつかとか、覚えてるもんだから」

「へえー、なるほど」

真芽はなにげなく使っていた春分や夏至という言葉に、二十四もの仲間があることを初めて知った。季節を四季だけでなく、二十四にも分けて感じとることができたら、とても素敵だ。

「それはそうと、祖母が迷惑かけてごめんなさい」

真芽は頭を下げた。

その当時から、ハルの認知症がはじまっていた、ということだろうか。ハルは幻の花を見たのか。

「いや、そうじゃなくて」

遠藤君はあわてた。「あり得ないことではないから」と申し訳なさそうな顔をする。

たとえば花屋の店頭に並べた、たくさんの花苗からひとつを選んで買おうとした客が、やっぱりちがうのにしようと思い直し、別の花苗の場所にもどしてしまうケースがある。それに気づかずほかの客が手に取れば、かんちがいは起こり得るのだと。

「――たしかに」

「ただね、お袋が言うには、ハルさんは花苗をじっくり選ぶ慎重派で、同じ種類の花苗のなかから状態のよさそうな苗をいつも上手に買ってたって。そんなハルさんが買いまちがいをするとは思えない、とも言ってた。それからしばらくして、ハルさんが店に顔を見せなくなってしまった。だから親父はそのことをずっと気にしてた。ハルさんが本来ほしかったという花を、納めたがってたんだ」

なんとも義理堅い話でありがたかった。

だが真芽は、半信半疑でもあった。ほんとうにハルが買った花が、別の花を咲かせたのかどうか。

「ありがとう。お父さんによろしくお伝えください」

「それが、親父は去年亡《な》くなったんだ」

遠藤君の落ち着いた声に、真芽は言葉を失った。遠藤生花店が閉店した理由を知った気がしたからだ。

「それもあって、なんだか今も気になってね」

遠藤君は無理に笑おうとしたが、うまくいかなかったようだ。そのときだけ、小学生のときのような物憂《ものう》げな表情を浮かべた。

「そうだったんだ。だったら、本人に訊《き》いてみようか」

真芽は思い出して言葉を継いだ。「ハルばあは、花を買うなら遠藤生花店へ行きなさいって、今も私に言うんだよ」

「そうなんだ。それはうれしいな」

遠藤君は、今度は口元をゆるめることができた。

「できれば、あの店を続けたかったんだけどね」と言った。


結局、真芽はホームセンターの園芸売り場で一時間近く迷った挙げ句、花苗を買わなかった。その代わり、いくつかの花の種を買った。どれにするかは、子供の頃に遊んだ庭を思い出しながら選んだ。

マリーゴールドの苗はひとつ百八十円。種も同じくらいの値段だ。もちろん、ひと粒の値段ではない。種から育てれば、もっとたくさん花を咲かせることができるかもしれない。それに種から育てるほうがおもしろそうだ。

種まき用の土やポットも売っていた。でも、あるものですませることにした。レジの近くに吊《つる》してある園芸用のブルーの手袋は使いやすそうだし、おしゃれで気に入ったが、値札を見て我慢した。そのお金でほかにも種を買った。

ホームセンターからの帰り道、真芽はスーパーの食品売り場に寄って食材を買い、小学生のときに引っ越して以来、初めて佐倉の家に泊まることにした。どうせ明日も来ることを考えると、アパートへ帰るのがめんどうくさくなった。交通費の節約にもなる。正直、心細くも感じたが、どこで寝ようとひとりであることに変わりはない。電気やガスや水道はふつうに使える。過ごすのにそんなに問題はないはずだ。

台所に立ってハルの使っていた包丁を握り、ひさしぶりに料理をつくった。子供の頃に座っていたダイニングテーブルの椅子に腰かけて食べたのは、今が旬《しゅん》のそらまめのペペロンチーノ。思いつきでつくってみたのだが、なかなかおいしい。昔のハルなら、「まめ子がまめを食べてる」などと言って笑わせたかもしれない。

夕飯の洗いものをすませ、仏壇に手を合わせた。しばらく子供部屋で過ごしたあと、早めに入った二段ベッドで、見覚えのある天井の染《し》みを見つめながら真芽は思った。

私はまちがいなく、この家でハルの世話になった。それなのにこの家を出てからは、まったくと言っていいほど、この家やハルのことを気にかけなかった。そういう生き方が、今の自分をもたらしたような気がした。老いていく者の気持ちなど、わかろうとしなかった。

自分の将来の不安はもちろんある。でもそれは、ハルが抱いている不安と比べたら、まだどうにかなりそうな気がした。

「ハルばあが帰って来るまで、ここで暮らすよ」

真芽は子供の頃に抱いて寝たウサギの人形に向かって、そう宣言した。


朝方、始発電車の音で目が覚めてしまった。

思わず「うるさいなあ」と愚痴る。昨日お日さまに当ててよく干した布団のなかでまどろんでいると、今度はキジバトの鳴き声がする。そのくぐもった鳴き声を聞いていたら、再び眠りに落ちた。

午前七時、真芽は台所に立ってハムエッグをつくり、ガスコンロの魚焼きグリルでこんがり焼いたトーストにバターを塗って縁側に運んだ。板敷きの縁側は広いところで幅二メートル近くあるため、そこにテーブルと椅子を用意した。外でひとり食事をとるのは気恥ずかしさもあるが、このテーブルの位置なら、だれからものぞかれる心配はない。なにより遠足のときのような、うきうきした気分になれる。

小鳥のさえずりが聞こえ、モンシロチョウが飛んでいる。ヒメジョオンの白い花がゆれ、花心の黄色いところにテントウムシがしがみついている。不意に心地よい風が頬を撫《な》で、どこからか花の香りがふわりと鼻先をかすめる。

電車が通るときは正直やかましい。子供の頃はいやでしかたなかった。でも満員であろうその電車に乗る必要が今の自分にはない。十秒くらいのあいだ、我慢すればいいだけだ。ものの見方や考え方を変えるだけで、これまで気にかけてきたことの角がとれ、ささいなことに感じられ、あるいは受け取り方が百八十度変わってしまう。ここで過ごすと、そんな発見ができた。

真芽は庭を歩いているキジバトを眺めた。やめた会社の同僚は、ハトの糞害《ふんがい》についてよく愚痴をこぼしていた。マンションに住む彼女は、コンクリート敷きのベランダに落ちたハトの落としものに目くじらを立てていた。その気持ちはもちろんわかる。この庭にもハトやたくさんの小鳥がやって来る。きっとたくさん落としものをする。でもそれを気にしたことはない。雨が洗い流し、土に染みこんで消えてしまうからだろう。それが植物の栄養になっているかもしれない。今朝方、耳にしたハトの鳴き声もうるさくは感じなかった。

春から夏へ季節が移ろう庭を眺めながら、幼い頃この庭に咲いていた花を真芽はさらに思い出そうとした。名前がわからない。けれど花の色や姿はたしかに覚えている。その花たちの名前を突き止め、再びこの庭に咲かせることができれば、なにか素敵なことが起こりそうな予感がした。

午後から電車とバスを乗り継いで、病院のハルを訪ねた。

ベッドを囲むように閉めきられたクリーム色のカーテンのなかをのぞくと、ハルは背中を向けて座っていた。

「ハルばあ、来たよ」

真芽が声をかけるとびくりとして、「おどかさないでよ」とにらんだ。

「ごめんごめん」

「あなたはいつもそうなんだから」と言われてしまう。

そんなことはないはずだが、すぐに機嫌が直り、談話室へと誘われた。そのしっかりした態度ともの言いとが、どうしてもあの家の惨状と結びつかない。認知症とも思えない。真芽はその疑問を口にしたくなるが、本人を前にして言い出せるものではない。

談話室まで杖《つえ》なしで歩いたハルは、向き合って座った真芽に向かって、「良枝から聞いたわよ」と声をとがらせた。

「叔母さんがなんて？」

「あなた、私の家に上がったでしょ。どうして約束を守れないの」

真芽はハルの言葉に気圧《けお》されたが、気持ちを強くし、「じゃあ、あのままでいいの？」と言い返した。「庭だって、家のなかだって」

「だから言ったのに……」

ハルの声のトーンが急に下がった。

ハルは、家のなかが散らかっていることをわかっている。そのことを隠したかったようだ。庭についてもわかっていたのだろうか。問題は、そんな状態を放置し、改善できない点なのかもしれない。

「帰りたいんでしょ？」

「どこに？」

「自分の家だよ。庭が心配なんじゃないの？」

「それはそうなんだけどね……」

ハルは首を前に折るようにして顔を沈め、目をつむった。

真芽は少し強く言いすぎたと反省し、「だいじょうぶだからね」と穏やかに声をかけた。

「もう家には帰れないかもしれないね」

ハルは顔を伏せたまままつぶやいた。

「なんで？　ここのリハビリがすんだら、帰れるじゃない。私も、そのための準備をしてるところだから」

「言われたの。ひとりで暮らしていけるのかって」

「叔母さんに？　今まで暮らしてきたよね。良枝叔母さんが一緒に暮らそうとでも言ってくれてるの？」

ハルは首を横に振った。「健一も無理じゃないかって」

二人がここを訪ねた際、今後についての話し合いがあったようだ。

「ハルばあは、どうしたいの？」

「そりゃあ、帰りたいさ」

しわを寄せて口をとがらせた。

「だったら、がんばろうよ」

真芽はハルの不安と苛立《いらだ》ちを読みとり、わざと明るい声を出した。「ねえ、今はどんなリハビリをしてるの？」

「最近はね、運動だけじゃないの。パズルやらクイズみたいなこともやらされるの」

「へえー、楽しそうじゃない」

「それがまた疲れるのよ。そういうの、得意じゃないから」

おそらく認知症に関連する試みなのだろう。もしかすると認知度を測るテストなのかもしれない。どうやらハルにとっては、それが苦痛でもあるらしい。

「そういえばさ、昨日、花屋さんに行ってみたよ」

話題を変えると、ハルが顔を上げた。

「どこの店だかわかる？」

「遠藤さんのとこかい？」

「そう、正解。ハルばあ、おすすめの遠藤生花店へ行きました」

真芽は話をわかりやすくするために、そう言ってみた。ハルのなかでは、遠藤生花店は今も営業中だからだ。

「へえ、そうかい」

ハルの口元がなつかしそうにゆるんだ。

真芽はなにげなく遠藤君から聞いた話を持ち出してみた。以前ハルが遠藤生花店で買った花が、別の花を咲かせた件について。ハルはすんなりそのことを思い出した様子で、「そんなこともあったわね」と言って、目尻《めじり》にしわを寄せた。

「ほら、私の同級生の遠藤君」

「息子さんかい？」

「そう。彼がその話を気にしててね。なんの花だったか知りたいって」

「なにを今さら」

ハルは鼻で笑った。

「ほんとにちがう花が咲いたんだよね？」

「ほんとうよ。嘘ついてもしょうがないじゃない」

だとすれば花の名前を覚えているはずだ。

「なんの花苗を買ったの？」

「ほら、だからあれよ――」

しかしハルは花の名前が出てこなかった。

「じゃあ、どんな花が咲いたの？」

するとハルは、「今も庭にあるじゃない」と今度はあっさり答えた。

「え、今もあるの？」

「咲くのは今時分じゃないかしら」

「ほんとに？」

「びっくりしたわよ。てっきり私は、あの花が咲くものだとばかり思ってたから。楽しみにしてたのに」

注意深く様子をうかがっていると、「そう、あのバラ」とハルがつぶやいた。

「バラなんだね。なんて名前のバラだったか覚えてるかな？」

「それがね、思い出せないのよ。なんて言ったかなあー」

楽しげではあるが、またしても出てこない。

でもそれは認知症だからとは限らない。真芽にだってよくあることだ。春先には、モクレンやボケの名前を思い出せなかった。

ハルは小さくため息をついた。「やっぱり無理かもしれないね」

「なにが？」

「――いいの」

首を横に振ったハルは、「あのバラはね、せいぞうさん、おすすめのバラだったの」と思い出したように言った。

せいぞう、という人物の名前は初耳だ。

「それって、近所の人？」

真芽は「ジジロー？」と言いかけ、「隣のおじいさん？」と尋ねた。

「隣って、畑をやってる小川さんかい？」

「そうそう」

「ジローさんだろ？」

「え、ジローなの？」

だとすれば、ニューヨークヤンキースの帽子は、世界のイチローをもじってかぶっている〝しゃれ〟なのか？

「ジローさんは、『木を切れ、木を切れ』って口うるさいけど、親切なところもあるの」

「でもあの人、うちの庭に木の枝とか投げこんでたよ」

思わず言ってしまった。

「それは庭の境にあるうちの木だからでしょ。好きにやってくれって私がお願いしたの。その代わり、切った枝はうちに放ってかまわないからって」

——そうだったのか。

真芽は自分の思いこみに愕然《がくぜん》とした。

ジジロー、いや、ジローさんを疑ってわるいことをした。人は先入観を持つと見誤ることが多々起きる。想像のなかながら、大麻草を育てている麻薬組織のボスにまで仕立て上げてしまった自分を恥じた。

では、せいぞうさんとは何者なのだろうか。

果たして実際に存在するのだろうか。

「せいぞうさん、ってどんな人？」

真芽がもう一度尋ねると、「いい方よ、とても紳士で」とハルは答えた。

どうやら、わるい人ではなさそうだ。

あまり問い詰めすぎるのはよくない。冷静さをとりもどした真芽は、今なにか気になることや困っていることはないか尋ねてみた。

「なにか必要なものがあれば次回持ってくるけど」

「ありがとう。心配ないよ」とハルは穏やかに答えた。

結局、ハルが遠藤生花店で買った花苗の名前も、その花苗が咲かせた花の名前も、せいぞうさんの正体もわからぬまま、真芽は病院をあとにした。

最寄り駅で電車を降り、国道をハルの家へ向かった真芽は、家の通路の突き当たりの木戸が半開きになっているのに気づいた。しかも格子《こうし》の入った磨《す》りガラスの引き戸に手をかけると、すんなり横に動くではないか。

――おかしい。

家を出る前に鍵《かぎ》をかけたはずだ。

今度こそ、空き巣だろうか。いや、それとも鍵をかけ忘れてしまったのか。認知症について考えながら歩いて来たせいか、自分の記憶までがおぼつかない。

引き戸の隙間《すきま》からなかをのぞくと、沓脱《くつぬ》ぎに、ハルのものではないパンプスが見えた。母のものにしてはサイズが大きい。

すると居間から、重ねた紙箱を両手に抱えた中年の女が現れた。

「あら、まめ子ちゃん」

「びっくりした」

真芽は思わず漏らした。

「それはこっちのせりふよ」

叔母の良枝が細くつり上がった目を向けた。「庭も家もすっかりきれいになっちゃってさ」

責められているのか、誉められているのかわからず、真芽は引き戸の隙間の前に立ったままでいた。

良枝が玄関に運んだ箱は、家のどこかに仕舞ってあった、お中元やお歳暮《せいぼ》の贈答品らしく、百貨店の包装紙にくるまれている。のし紙がついているものもある。どうやら持ち帰るつもりらしい。

真芽の視線に良枝が気づいた。

「ああ、これね、お母さんにバスタオルを持って来てくれって頼まれたもんだから」

そのくせ、ばつのわるそうな笑顔で「あなたも使う？」と差し出してくる。共犯者にされるのはごめんだ。

「貯金通帳や印鑑がなかったけど、兄さん、持ってったようね」

「さあ……」

「かさばるな、これ」

良枝は小さく舌を鳴らし、箱を乱暴に開けた。準備してきたのか、この家にあったのか、携帯用の手提げ袋を取りだす。

「ひどかったんだってね？」

「なにがですか？」

「家のなか。それをまめ子ちゃんが掃除してくれたって兄さんから聞いたわ」

良枝はタオルを手提げ袋に移しながら目を伏せている。しばらく見ないあいだに、白髪が増えていた。この人にもこの人なりの苦労があるのだろうな、と想像した。

「でもだいじょうぶなの、あなたのほうは？」

良枝はちろりと真芽に視線を向けた。「お店をやってるんだっけ？　自分の仕事だって忙しいだろうに」

なにか誤解をしているようだが、皮肉めいた言葉を、真芽は黙ってやり過ごした。

「いろいろやってくれるのはありがたいけど、無駄にならなきゃいいんだけどね。お母さん、長くなりそうだから」

「そうなんですか？」

「ここにもどって来るのは、むずかしいもの。兄さんだっていろいろあるみたいだし、典子さん仕事をはじめたって言うじゃない。もちろんうちにも、そんな余裕ないしね。だから今は、介護認定が降りるのを待ってるわけだけど」

良枝はそう言うと、「じゃあね、お邪魔しました」とやけにさばさばとした声を出し、両手に袋を下げて出て行った。

貴重品目当てに来たものの空振りに終わり、使えそうな品を物色したらしい。掃除にも来なかったくせに。

真芽はやるせなく、玄関の柱に貼《は》られた〝お願い　家に入らないでください〟の文字を見つめた。

五月中旬、真芽は東京のアパートの引っ越しをすませた。その報告がてら実家に電話をかけたところ、「あなたはいったいどこに引っ越したの？」と典子に強い調子で問われた。

「え、佐倉だけど」

「佐倉って、おばあちゃんの家なのね。まったく、なに考えてるの」

「まずはここをなんとかしたいの。ハルばあが帰って来るまでここにいさせて。そしたら、家にもどるから」

「あのね――」

典子はなにか言おうとして言葉を呑《の》みこんだ。

真芽はあわてて話題を変え、先日、良枝が家のなかに入っていたことを伝えた。

「――そうなんだ」

典子は声を低くし、「油断も隙もないわね」とあきれた。

「貴重品を捜してたみたい。貯金通帳や印鑑は、父さんが持ってったの？」

「やっぱりね。危ない、危ない。通帳と印鑑は、こないだ私が掃除に行ったときに見つけて、持って帰ってきました。病院の支払いのこともあるからね。これからのことだってあるし」

典子は勝ち誇ったように言ったが、やっていることは叔母と同じにも思えてしまう。

「ハルばあの退院はいつ？」

「介護保険サービスを受けるための介護認定がおりたの。おばあちゃん、見た目にはしっかりしてるから心配だったけど」

「どういうこと？」

「介護の必要性が低いと判断されたら、困るじゃない」

奇妙な言葉のようにも受けとれるが、保険の適用をなるべくたくさん受けたい身内にとっては本音なのだろう。

「その審査のときにね、おばあちゃん、質問されたの」

典子はかまわず話を続けた。「なにか気になってることはありますかって。そしたら、庭のことが心配だって。どんな心配ですかって訊かれたら、あの庭にはこれからたくさん人が来るって。だからその準備をしなくちゃならない。女の子がお腹をすかして来る、とも言ってた。それと、あなた、せいぞうさんなんて人、知らないわよね？」

やっぱりそうか、と真芽は思い、訊き返した。「介護保険って、どんなサービスが受けられるの？」

「その前にね、施設でサービスを受けるのか、在宅でサービスを受けるのか、決めなくちゃならないの」

「どういうこと？」

「だから、病院から佐倉の家に帰るか、それとも別の場所へ移るのか」

「別の場所って？」

「施設になると思う」

「それって、老人ホームってこと？」

「施設にもいろいろあるのよ。介護サービスを受けられるといっても、当然お金もかかる。そのお金は、基本的にはおばあちゃんの年金や貯金から払ってもらうことになる。でもそれがいったいどれくらいあるのかわからなければ、判断のしようがないでしょ。うちはまだマンションのローンだってある。良枝さんのところだって、下の子はこれから大学だしね」

「佐倉の家に帰るなら、そんなにお金はかからないんじゃないの？」

「それができればね」

「ハルばあは、どうしたいって？」

「そういう問題じゃないの」

「どうして？　ハルばあの問題だよね」

「あなた見たでしょ。その家でひとりで暮らせると思うの？」

典子の言葉に苛立ちがまじった。

「お父さんはなんで？」

「父さんはこれからのこともあるから、忙しいみたい」

これからのこととは、会社を早期退職してからのことだろう。健一はまだ五十代半ば、先は長い。

「それからね、あれは助かったわ。あなたが見つけてくれた、薬の明細書。おばあちゃん、心療内科で診断を受けてたのね。そこに電話したら、ご家族の方と連絡をとりたかったって。本人は、それを強く拒否してたらしい。迷惑をかけたくないってね。そのお医者さんが情報提供書を書いてくれて、薬の処方についても指示してくれてね。それも今回の介護認定にかなり役立ったと思う」

「その情報提供書って、持ってるの？」

「おばあちゃんの診断の説明を受けたときに見せてもらって、スマホで撮ったけど」

「メールで送って」

真芽はすかさず言った。「私が聞いてるハルばあの気持ちは、この家に帰りたいってこと。今すぐにでもね」

「だから言ってるじゃない。それはむずかしいって」

「そんなに簡単にあきらめていいことなのかな」

「あなたには、まだわからないことがあるのよ」

「――かもね」

真芽はそっけなく返事をした。

そうであるなら、そのことを知るべきなのだ。

通話を終えたあと、典子からのメールに画像が添付されて送られてきた。

折りじわのある「紹介状・情報提供書」とタイトルがついたプリントには、病院の名称や医者らしき人の名前が記され、宛名に「担当医 先生御机下」と印字されていた。

村上ハル：住所 千葉県佐倉市――
紹介目的：処方のお願い
病名（病状）合併症：レビー小体型認知症
治療経過：日頃は大変御世話になっております。当院にて上記に対して薬物療養を実施してきた方です。現在、貴院で入院中とのご連絡をご家族から頂きました。つきましては当院処方を貴院にて御処方いただけますと幸いです。今後ともよろしくお願い申し上げます。

「現在の処方欄」には、野菜室で見つけた明細書と同じ薬の名前があった。

健一は、ハルについて「アルツハイマーだと思う」と言っていた。調べたところアルツハイマー型認知症とは、言葉の通りアルツハイマーという名のドイツの医師が最初に症例を報告した認知症の一種なのだが、主な症状には、物忘れなどの記憶障害、身のまわりのことができなくなることなどが挙がっていた。たしかにハルの家のなかは異常だった。しかし記憶障害は、それほど強く感じられない。

やはりハルは、この情報提供書にある通り、中核的特徴に「幻視」が挙げられる「レビー小体型認知症」だったのだ。

そのためハルは、家の玄関に〝お願い　家に入らないでください〟と書いた貼り紙をしたり、庭にはたくさん人が来る、などと言ったりするのだ。追いかけてきた男も、お腹をすかせた女の子も、咲いた別な花も、せいぞうさんも、すべて実際には存在しない、幻にちがいない。

芒種　こぼれ種

ジジローあらため、ジローさんの家との境界近くにある木を見上げる。

たしかにそれはハルの庭に生えていて、その枝がお隣にまで越境している。ということは、迷惑をかけているのは、こちらだ。ジローさんは、その枝が自分の庭にのびてくるたび、せっせと鋏《はさみ》で切っては、ハルの承諾を得た上で、こちら側に投げこんでいた、というわけだ。つまり、真芽は誤解していた。

五月も終わりに近づいたその日、図書館を訪れた真芽は、書棚に本をもどすナスビーを見つけた。ホームセンターで遠藤君と会った件を話し、しばらく佐倉で暮らすことになったと告げた。

「じゃあ、歓迎会をやらなくちゃ」

そう言い出したのはナスビーなのだが、なぜか会場は、真芽が引っ越したハルの家になってしまった。ナスビーに声をかけられた遠藤君が、庭を見たいと強く望んでいるというのだ。

二人が訪れた午後、すでに初夏を迎えたハルの庭にはたくさんの花々が咲き、見ちがえるほどに緑濃くなっていた。以前の庭の惨状を知らないナスビーから、「昔と変わってないじゃん」と言ってもらえたほどだ。

荒れ果てた状況を知ってから、この庭に通い詰め、手入れをした。枯れ葉を集め、草を引き、枝を切り、それらを捨てる穴を掘り、歩く小径《こみち》を拓《ひら》き、種をまいた。けれど、この景色は自分がもたらしたものではない。そのことを真芽は自覚していた。

たしかに庭の手入れに多くの時間を割いた。しかし、これは自然の力による再生だ。余計な草をとりのぞくと、日当たりがよくなり、新芽が顔を出す。枯れ枝を切ると、株に生気がもどり、葉が生い茂り、花を咲かせる。それらは、彼らが持つ本来の生命力によるものなのだ。

「いい香りがする」

お洒落《しゃれ》をしてきたナスビーが長い鼻梁《びりょう》の先を持ち上げる。

「バラのにおいだね」

ダンガリーシャツにジーンズという気どらないかっこうの遠藤君も、気持ちよさそうにうなずいている。

二人がケーキをお土産に持って来てくれたので、ナスビーに手伝ってもらい、縁側のテーブルでお茶の準備をはじめた。自分が手入れしたハルの庭に人が訪れたのは初めてのことで、それが素直にうれしい。

「あれ、こんなところに花が」

真芽がつぶやくと、「自分で植えたんじゃないの？」と遠藤君が尋ねた。

そのオレンジ色の花と小さなハスのような葉は見覚えがあったが、「ううん」と真芽は首を振った。

「だとしたら、すごいね」

「どうして？」

「園芸植物には、大きく分けて一年草と多年草があるでしょ。一年草は、一年で種まきから開花までをすませ枯れてしまう。多年草は、冬でも枯れずに何年も開花をくり返す。ほかに宿根草《しゅっこんそう》と呼ばれるものもあるけど、これは冬に土の上の部分は枯れてしまい、また春に芽を出して生き続ける。でもって、この金蓮花《キンレンカ》は、というと、ふつうは一年草とされてるんだ。だから植えたんじゃないとすれば、この株の大きさから見て、越冬したんだよ。この庭は南向きですごく日当たりがいいからだろうね」

「へえー、そうなんだ」

「金蓮花、今はナスタチウムっていう名前のほうが馴染《なじ》みがあるかもしれない。じつはこれって、ハーブとしても楽しめるんだよ」

「あ！」と真芽が声を上げた。「そういえば、この葉っぱ、子供の頃に食べたことある。ハルばあが、サラダに入れて、ちょっと苦くて」

「そうそう、独特の辛みがあるんだ。でも葉だけじゃなく、花だって食べられる」

「へえー、それは知らなかったな」

しゃがんでいた真芽は、遠藤君を見上げるかっこうになった。やはりこの人は、植物を語らせるとおもしろい。なにより生き生きとする。

「ねえ、紅茶が冷めるよ」

ナスビーの声がした。

縁側のテーブルでお茶の準備が整っても来ない遠藤君を真芽が呼びにいったのに、ついつい話しこんでしまった。

「なんかこういうのいいね、外でお茶するの」

ようやく三人が縁側の席に着くと、ナスビーが面長の顔をゆらした。

「電車が通るときは、うるさいんだけどね」

「まあ、それは我慢するわ」

「うん、あっというまだしね」

「ものは考えようだよね」

遠藤君が静かに言った。「庭の前が線路だからこそ、この庭は日当たりがいわば担保されてる。植物の生長にとっては最高の場所だよ。なにしろこの先ずっと、庭の前になにかが建って日陰になる心配がないわけだからね」

「なるほどね」

ナスビーがうなずいた。

「私ね、子供の頃、家の前を電車が通るのがいやでしかたなかった。でも今は、ちがうよさも感じられるようになった。たぶんこの家の庭がこんなに広いのは、線路に近くて土地が余っていたせいだと思うんだよね。それに夜は終電が通れば静かだし、始発電車は朝早いけど、ああ、もう動き出してる人がいるんだな、ご苦労さまって、思えるようになった」

「まめ子も大人になったねー」

ナスビーのつっこみに三人で笑った。

「見せてもらっていろいろわかったけど、さすがはハルさんだね」

遠藤君が庭を眺めながら続けた。「でも、ハルさんも年をとって、この広い庭のめんどうを見きれなくなってもいたんだろうね」

「やっぱり、わかる？」

「こないだ見せてもらったスマホの画像だけど、ハルさんが植えたものじゃない植物もかなりある」

「そんなこともわかっちゃうの？」

「ハルさんが植えたものと、そうじゃないものに分かれると思う」

「じゃあ、ハルばあじゃなかったら、だれが植えたっていうの？」

真芽は眉根《まゆね》を寄せた。

「ちがうちがう」

遠藤君は頬が少しこけた顔の前で手を振った。「こぼれ種の仕業だよ」

「こぼれ種？」

「この庭には、草花だけじゃなく、比較的大きな木が所々に生えてるよね。だから、いろんな生きものがやって来るはず」

「あ、ほんとだ。あんなところを猫が歩いてる」

ナスビーが線路との境、つるバラの茂みにいる茶トラのノラ猫を指さした。

「鳥もかなり来るんじゃないかな」

「うん、朝方よく鳴いてるし、いろんなの見かける」

「彼らはこの庭の木の実や果実、あるいは昆虫なんかを餌《えさ》として食べに来るわけだけど、そのとき、〝お土産〟を落としていくんだ」

「やだ、それって鳥のフンのこと？」

ナスビーが黒縁メガネの奥の目を細めた。

「そう。いわば肥料付きの種をこの庭にプレゼントしていく。それは、別の場所で口に入れた植物の種子の場合もある」

「じゃあ、その種が芽を出し、育って木に生長したってこと？」

「だと考えられる。いや、画像にあった万両や八つ手、クワや椿《ツバキ》の仲間は、そう見てまちがいない。生えてる場所が不規則だし、いくつもある」

「――そうだったのか」

真芽はようやく納得した。園芸店でも売っている植物だったから、だれかが植えたものとばかり思いこんでいた。

「植物って繁殖力旺盛《おうせい》なのね」

ナスビーが感心したように長い顎《あご》を振る。

「それはそうだよ。いわゆる雑草はどこにでも生えてくるでしょ。ほら、お隣の畑のまわりにブルーのネットが張られてるよね。あれはその対策のひとつだと思う。植物が生い茂っている近くで畑をやる場合、そこから種が飛散して畑で芽を出さないようにするためのね」

またしても謎《なぞ》が解けた。投げこまれた木の枝の件を含め、真芽は、ジローさんの家に向かって深く頭を下げたくなった。この家の庭は雑草を生え放題にしていたのだから、腹も立っただろう。

それはそうと、それ以外の木についてはどうなのだろう。遠藤君に尋ねると、「今見たところ、この庭にはとにかく果樹が多い。夏ミカン、レモン、ユズ、クワ、ブルーベリー、ラズベリー、ブラックベリー、栗《クリ》、柿《カキ》。ほかにもあるかもしれないけど、何種類もの果樹が生えてる。それと金蓮花もそうだけど、ハーブの種類も多い。ローズマリー、タイム、フェンネル、チャイブ、ミント、山椒《サンショウ》、紫蘇《シソ》。だれかが意図的に種をまいたか、植えたんだよね。つまり、育てていたんだと思う」

遠藤君は、真芽に視線を合わせた。「もちろん、それはハルさんにちがいない」

真芽はこくりとうなずいた。

「庭っていうのは、持ち主がどんな庭にしたいか決めるとおもしろいものになる。たとえば自然を生かしたナチュラルガーデン、野鳥を呼ぶ庭、水辺に水草を生やしたメダカのためのビオトープとかね。それに、庭を見るとね、かなりわかるんだよね。その庭の持ち主の趣向が」

「ハルばあは、この庭をどうしたかったのかな？」

真芽の問いかけに、遠藤君は少し考えてから答えた。

「この庭は、昔は和風な感じだったはずだね。石灯籠《いしどうろう》があるのはその名残だろうし、枯れてしまっているけど桜や椿、馬酔木《アセビ》の生け垣がある。でもハルさんは、バラを中心とした洋風に変えていったんだと思う。バラと相性のいい宿根草、たとえばクレマチスやサルビアなんかもけっこう植えてある。でもどうやらそこから、一部方向転換を図ったみたいだ」

「それが、果樹とかハーブだということ？」

「そういう気がする」

「まめ子がいた頃は、どうだったの？」

ナスビーが二人の会話に口を挟んだ。

「栗や山椒や夏ミカンの木はあったけど、こんなに果樹やハーブはなかった気がする。とくにブルーベリーやラズベリー、ブラックベリーなんて、食べたこともなかったし」

「でもあれだね」

ナスビーが言った。「まめ子たち家族が引っ越したら、それこそ果物もハーブもそんなに必要じゃなくなるじゃない。不思議だよね」

「たしかに、そこは僕も疑問に感じたところなんだ」

遠藤君が首をひねった。

お茶のあと、鳥の落としたお土産から生えたであろう幼木は、遠藤君の判断で多くは抜いてもらった。生い茂っていたクワには実がついていたが、それを一本にすると、つるバラの花が縁側からでもよく見えるようになった。万両や八つ手は半日陰でも育つらしく、数を減らし、場所を移し替えてくれた。

残した果樹は、すでに多くのものが実をつけている。ラズベリーやブルーベリーやクワの実は、あと数週間で収穫できるそうだ。

「それは楽しみだな」

「それこそ、無農薬の貴重な食材だから、鳥に食べられないようにね」

鳥避《とりよ》けには一時的にネットを張るのがいいと、遠藤君が教えてくれた。しかもネットは、ホームセンターで売っているから、今度届けてくれるとのこと。ありがたい。

その後、遠藤君はこのままでは危険だからと、立ち枯れた桜の大木に登り、物置小屋で見つけた剪定《せんてい》用のノコギリで、枝をなるべく落としてくれた。

遠くに離れてその作業を見守っていた真芽は、「あんなにしゃべる遠藤君、初めて見た」とナスビーから言われた。「ホームセンターで挨拶《あいさつ》しても、いつもは植物みたいに無口な人だからね」と。

「なにか困ったことがあったら遠慮なく相談してね」とナスビーは言ってくれ、連絡先を交換し合った。真芽は、今は失業中で仕事を探していることを正直に口にした。ナスビーに問われるままに、これまでやってきた仕事について話した。地元で働くなら、なにかあったら紹介するとのこと。あいかわらずお節介焼きにも思えたが、きっと真芽が頼りなさそうに見えるからであり、今はありがたくもあった。

立ち枯れた桜の大木については早めに伐採すべき、と遠藤君からアドバイスされた。ただ、このサイズになると素人《しろうと》にはむずかしく、家や線路に向かって倒れる怖《おそ》れもあるため、専門の業者に頼むのが無難だろう、という意見だった。

「これ、引越祝い。たいしたものじゃないけど、よかったら使って」

帰り際《ぎわ》に遠藤君が勤め先のホームセンターの紙袋を渡してくれた。

なかには、園芸用の花柄の手袋とお揃《そろ》いのアームカバーが入っていた。真芽がほしかったものだ。

その夜、電話をかけてきた母に、小学生時代の同級生が佐倉の家に遊びに来たことを話した。「へえー、ナスビーがね。それに花屋の遠藤君も」と声を弾ませた典子だったが、立ち枯れた桜の件を持ち出すと、一転トーンダウンしてしまった。

「業者に頼むって、いったいいくらかかるの？」

「それはまだ問い合わせてないけど」

「あれだけの桜の大木だもの、かなりかかるんじゃない。それはそうと、おばあちゃん、次のところ決まったから」

「決まったって、じゃあ、ここに帰って来るんじゃないの？」

「本人も自信ないみたいだし、しかたないじゃない」

「――そうなんだ」

たしかにこの家の状態は異常だったし、ハルの言動には不可解な点が多々ある。それに医師の認知症の診断もすでに下っている。自信がないと本人が言うなら、認めざるを得ない。

「で、どこなの？」

「市内の介護老人保健施設。略して〝老健〟って言うらしい。でもね、残念ながらそこも長くはいられないの」

「てことは、よくなったら帰れるんだよね？」

答えない典子に、「ハルばあ、かなり歩けるようになったもんね」と真芽は続けて問いかけた。

「そうね、足のほうはひとまず心配なさそうね。でも問題はそっちじゃない気がする。もしもってことがあるじゃない。たとえば家にもどって、火事でも出したら、それこそとり返しがつかないもの。今日もおかしなこと言ってたし」

「どんな？」

「目が覚めたら、若い男がベッドの脇《わき》に立ってたって」

――幻視だ。

真芽は直感した。

「あいかわらず庭のことは心配してたから、老健に移ったら行ってあげてちょうだい。場所はメールするから」

典子は重たげな口調になった。「ところで、あなたの仕事のほうはどうなの？」

「今、あたってるところ」

「ならいいけど。今後、おばあちゃんが施設で生活を続けるなら、その家は売るしかないって、父さん言ってたから。良枝さんも同じ意見だって。だとすれば、桜の大木を切り倒す必要もないのよ」

そういうことか、と真芽は思い、しばらく黙った。

「そりゃあ、そうでしょ。施設に入るのにもお金が要るもの。今度のところには、長くても一年くらいしかいられないみたい。そうなると次は、いよいよ民間の老人ホームに入るしかない。その費用が必要になるでしょ」

典子はため息をついた。「お父さん、良枝さんに言われたのよ。佐倉の家は、おばあちゃんが住んでいなくてもお金がかかってるって。光熱費や水道の基本料金、電話代、固定資産税だってそう。だからなるべく早めに売るべきだって。それに、あなたがそこで生活していれば、当然その分、お金もかかるわけでしょ」

「――ごめんなさい」

真芽はそれ以上なにも言えなかった。

自分のやっていることがとても浅はかに思えてきた。ハルが帰ってくる日のためにと、庭や家に手を入れてはみたが、ハル自身にここへ帰る不安があるのであれば、それこそ無理強いはできない。自分がここでハルの介護をしてあげられるわけではない。現実を直視すべきだと、頬を叩《たた》かれたような気がした。

通話を終えたあと、老健と呼ばれる施設をネットで調べてみた。

老健とは、厚生労働省が管轄《かんかつ》するサービスで、主に医療ケアやリハビリを必要とする六十五歳以上の高齢者を対象としている。食事やある程度の介助などの介護サービスは受けられるものの、一定期間で退去しなくてはならない。つまりは、基本的には在宅復帰を目指す施設とされているのだ。

しかしだとすれば、ハルが家に帰れる可能性はゼロではない。少なくともまだチャンスは残っているはずだ。両親や叔母たちは、老健の退所期日が来たなら、ハルを民間の老人ホームに入れるつもりだろう。だがそうなれば、ハルは二度とここへもどって来られない。そのときにはきっと、もどる家も庭も売られて、なくなってしまっているだろう。

老健に滞在できる「一定期間」については、三カ月や半年、一年、いやもっと長くいるケースもある、など情報が錯綜《さくそう》していた。とはいえ、ハルが家にもどるための残された時間はあとわずかである。

翌日、遠藤君から勧められた、庭の記録帳をつけはじめた。まず、新しいノートを広げ、庭のおおよその平面図を描き、縁側や物置小屋を加え、庭に生えている植物の名前をわかる範囲で書きこんでいった。詳細な名前がわからないものは、たとえば「バラ」などと大まかな種別を記した。この庭にはいろいろなバラが咲いているが、バラの種類は数え切れないくらいあり、しかも年々増えているらしく、調べるのは容易ではなさそうだ。名前が不明なものは、花色や特徴を記すに留めた。

そんな作業に没頭していたら、昼過ぎにナスビーからスマホにメッセージが届いた。メールには、広告求人案内の画像が添付されている。赤ペンで囲みがつけられた求人の職種は「総務」。仕事内容は、「本社事務・総務アシスタントスタッフ」とある。ナスビーは、真芽の前職を踏まえて、これはという情報をさっそく提供してくれたのだろう。

だが、真芽の目を惹《ひ》いたのは、その隣に掲載されている求人のほうだった。

「週二日からOK！　未経験者歓迎！」とある求人の職種は、「厨房《ちゅうぼう》スタッフ」。勤め先は、家から自転車で通える距離だ。

「でもなー、苦手だしなー。いやいや、むずかしいだろうなー」などと真芽は散々迷ってから、電話で問い合わせてみることにした。

すると、「その点でしたら、ご心配ありませんよ」との返事をもらい、二日後、履歴書を持参し、面接という運びとなった。

面接官は、施設長と厨房責任者の二人の女性。施設長は四十代の痩《や》せ型、厨房責任者は五十過ぎぐらいでからだが大きく、太い腕をしていた。

「お若いけど、お子さんは？」

まずは施設長からの質問に、「いえ、まだ一度も結婚してませんので」と真芽は答えた。

「あら、失礼。ここに応募してくるのは主婦の方が多いものでね。パートの求人だけど、それでいいのかしら？」

「はい、けっこうです」

「女子大の家政学部を卒業されてるのね。履歴書にはなにも書いてないけど、資格とかは？」

「いちおう、栄養士は取りました」

「あら、そう」

施設長は感心したような声を出し、腕の太い女性をちらりと見た。目を合わせない彼女のほうは、なぜかおもしろくなさそうな顔をしている。

「じゃあ、栄養士を目指してたの？」

「いえ、そういうわけでも」

真芽は言いかけてから、「あまりよくわかってなかったんです」と正直に答えた。「子供の頃から料理の手伝いをするのが好きで、とくにおやつづくりやスイーツを食べるのが趣味のようになって、大学でいうと家政学部がいいのかなと……」

「で、食品会社に就職したわけね」

施設長が質問を続けた。

腕の太い女性は、黙ったままじっと真芽をうかがっている。

「そうですね、漠然とですけど、商品開発とか向いてるかも、と思いまして」

「どうして会社やめちゃったの？」

真芽は少し考え、「配属された部署が総務だったんです。それで」と答えた。

総務という部署は、実際は真芽にとって幸いした。一年目はほぼ定時に帰れ、おかげで夢だったカフェ開業に向けたいろいろな準備に時間を使うことができたからだ。

「まあ、どんな資格を持っていようと、あくまで調理スタッフとして働いてもらうことになるわよ」

そこで初めて腕の太い女性が口を開いた。「栄養士は、私ですから」

彼女が警戒するような視線を向けてきたのは、そういう訳だったのかと納得した。

「ところで、厨房の仕事の経験はあるのかしら?」

「学生時代にカフェのキッチンで働いていました」

「カフェ?」

栄養士が鼻で笑う。「カフェって、どんなものをつくるの?」

「店によっていろいろですけど、サンドイッチとか、バーガーとか、パンケーキとか」

「あら、ウチでもおやつにパンケーキなんていいんじゃない」

施設長が口を挟むと、「うちの利用者の口に合いますかね。それにメニューを決めるのは私ですから」と栄養士がブスッとした。

施設長が苦笑いを浮かべる。

「ここの厨房は体力勝負のところもあるのよね」

栄養士が太い両腕を組んだ。「あなた、からだ小さいけど、だいじょうぶかしら」

広告には「未経験者歓迎!」と書いてあったが、どうもそうとは思えない。

「そうそう、電話で利用者との接触はあるのか、という質問をいただいたけど、基本的にはありませんのでね。職場は厨房内となりますから」

施設長がとりなすように丁寧な言葉遣いになった。

その点、真芽は安心した。老人への苦手意識がある。なにしろここは、高齢者を対象とした、介護施設だからだ。でも、ここを選んだのは、今後ハルがお世話になるかもしれない場所に興味を覚えたからでもある。

「採用されたらの話ですけど、最低、週三日は出てもらいたいんだけど、どうかしら？」

栄養士がせり上がった頬に隠れそうな目を細めた。これも求人案内とはちがう。以前の真芽なら、弱気になったはずだ。でも真芽は、やってみようという気持ちになっていた。からだが小さいことと、料理ができることは関係ない。そのことを証明したくもあった。

「できます」

真芽は簡潔に答えた。

最後に厨房責任者である栄養士から、両手を見せるよう求められた。

「厨房では、指輪、ヘアピンは禁止。余計なものは身につけない。もちろん、ネイルも駄目だからね」

栄養士は早口でまくし立てたあと、顔を上げた。「あら、あなた、手だけはやけに働けそうじゃない」

真芽の差し出した両手は、爪《つめ》は短く、庭仕事のせいか、自分でも驚くくらい日に焼けていた。

翌日、ケアセンター「あすなろの里」から電話があった。

どうせ断りの連絡だろうと思っていたら、来週から来てくれとのこと。電話をかけてきたのが感じのよい施設長だったこともあり、話を最後まで聞いて、「よろしくお願いします」と真芽は返事をした。

ショートステイとデイサービスを専門にしている「あすなろの里」の仕事は、朝八時半から。更衣室で用意されたブルーのゴムで髪を結び、ネットで覆《おお》い、キャップをかぶる。貸与されたクリーム色の調理着と白のシューズに着替え、厨房へ。昼食の休憩を挟んで、午後三時半まで。結局、週に四日働くことになった。

日給にして約五千円。月に換算すれば勤めていた頃の半分に満たない収入だが、もちろん贅沢《ぜいたく》は言えない。東京で暮らしていたときは、アパート代六万五千円の出費が大きかったが、ハルの家に厄介になっているのでなんとかやっていけそうだ。これで自分が使った分の光熱費などは支払うことができる。

〝中番〟なる真芽の仕事は、腕の太い栄養士の吉沢《よしざわ》を含む四人のチームで、昼食とおやつをつくること。在宅介護を受けている高齢者の短期入所を意味するショートステイ、施設に通って入浴や介護のデイサービスを受ける人への調理を担当する。

たとえば今日のメニューは、「主菜A　鶏肉《とりにく》のグリル焼き／主菜B　白身魚のおろし煮　れんこん炒《いた》め　和風サラダ」。主菜はAかBいずれかを利用者が選択できる。

真芽以外のスタッフは、日によって変わることもあるが、すべて既婚者で四十を越えている。どちらかといえば、母親の世代に近い。

二日目までは新米として大目に見てもらえたが、三日目からは、作業が遅かったり、切り方をまちがえたりすると、容赦なく現場を仕切る吉沢の叱責《しっせき》を浴びた。厨房は、いわば戦場と化す。昼食は、職員の分も合わせ約七十食分をつくるからかなり忙しい。

「あんた、包丁の持ち方おかしいね」

「手際がわるい。もっと急ぐ！」

「そんなに丁寧じゃなくていいから」

いろんな小言を吉沢からかけられる。

なるほど、学生時代のカフェのアルバイトとは勝手がちがう。ほかのメンバーはベテランのため、頼りになるし、いろいろと教えてくれる。「がんばってね」ではなく、

「やめないでね」と励まされた。パートがひとり減れば、それだけ負担が各自にのしかかるからだろう。早番を務める厨房で一番のベテランは、二十人分の朝食をひとりでつくっているというから驚きだ。

目がまわりそうなくらい忙しい。そして厨房は暑い。

四日目、真芽は包丁で指を切ってしまった。

吉沢に申し出ると、「傷は浅いね」と言われ、「これをしな」とブルーの絆創膏《ばんそうこう》を渡された。そしてその上にブルーの薄い手袋をはめさせられた。髪を結ぶゴムを含め、厨房で身につけるものに鮮やかなブルーのものが使われるのは、一般的な食材にない色だからだと吉沢が教えてくれた。万が一食事に混入した場合、目立って見つけやすいためなのだと。

「さあ、急ぐのよ」

吉沢の太い声が厨房に響く。

小学生のときに真芽は初めて包丁を握った。握らせてくれたのは、台所に立っていたハルだ。キャベツの千切りを教えてもらったとき、誤って指を切ってしまった。真芽が声を上げて泣くと、ハルは絆創膏を持って来て、切った指に巻いてくれた。

「私だって何度も指を切ったもんさ」

ハルは静かに語りかけた。「でもそうやって、上手になっていくんだよ」

しばらくして真芽は泣き止《や》むと、再び包丁を握った。

ハルは止めずに、見守ってくれた。

そのときのハルのやさしい笑顔が不意によみがえってくる。

それから真芽は、ハルから料理の手ほどきを受けた。並んで台所に立つようになった。学校から帰ると一緒におやつをつくり、ハルが捌《さば》いた夕飯の鯵《あじ》の小骨を毛抜きで抜き、具だくさんの味噌汁《みそしる》の味見をさせてもらった。

その後、引っ越してハルと離ればなれになってしまったが、マンションのキッチンにはよく立った。母よりも料理がうまいと自覚した。その後、カフェでアルバイトをし、大学の家政学部で学び、就職してからは自炊、自分なりに調理と関わってきた。少しはできるつもりでいたが、施設の厨房で学ぶことは多々ある。新しい発見もまたある。

真芽は仕事とはいえ、厨房にいること、料理をつくることに喜びを感じた。

あっという間に一週間が過ぎた。

夏至　遅い夕暮れ

――朝から雨。


ケアセンター「あすなろの里」の厨房《ちゅうぼう》から自転車で家に帰り、雨合羽《あまがっぱ》を脱ごうとしたとき、庭のほうから声がした。だれかと思えば、叔母の良枝がスーツ姿の男と並んで傘を差し、家を眺めながら話している。

「建物はかなり古いですけど、家のなかはきれいにされてますね」

「そうなのよ。ほら見て、庭だって素敵でしょ」

「ええ、たしかに」

男は小さくうなずく。「まあ、売却後は、家は建て替えられるでしょうから、外構を含め、残念ながら庭も潰《つぶ》すことになるでしょうね。正直、どちらも価値はございません」

「あら、そうなの。もちろん、それは買い主さん次第よね」

良枝はさばさばと応じる。「で、実際のところどんなもんかしら？」

「いやー、中古住宅市場はなかなか厳しいんですよね、どこも空き家が余ってますから。解体するにも費用がかかる。古い井戸も埋める必要がある。それにここは立地の問題がありますからね。線路が近い上、狭い道路の先にあるでしょ。いろいろと検討してみないことには」

「でも家を壊すお金は、買い主が持つんでしょ？」

「だとしても、その分の値引きを求められます」

「あら、そういうものなの」

良枝のテンションが低くなる。

「正直、なかなか厳しいかとは……」

よろけた男の黒い革靴が、ようやく本葉が四枚になったマリーゴールドを危うく踏みつけそうになり、「うっ」と真芽は声を漏らした。

「あら、まめ子ちゃん」

ぎょっとした良枝が、きまりわるそうな笑みを浮かべる。「とりあえず、不動産屋さんに見に来てもらったの。売るとなれば、早いほうがいいみたいだから」

「それじゃあ、査定を含め、具体的に動きましょうかね」

男の靴がコンクリートの上に無事着地した。

ほっとした真芽は、「なにかあれば声をかけてください」と言い残し、家のなかに引っこんだ。

先日の電話での典子の話は、どうやら既定路線らしい。良枝はこの家を売る気満々だ。ハルの家や庭がどうなろうが、さっさと売ってしまおうという魂胆らしい。家を処分する話は、予想以上に早く進行している気配だ。

まるでハルの快復をあきらめたようにさえ映る。家を売ってしまえば、当然のことながらハルの帰る場所はなくなってしまう。

真芽はきれいに掃除した冷蔵庫の扉を開け、冷えた麦茶をコップに注いだ。からだから空気が抜けるように、長いため息が出る。

これまでの庭との格闘の日々は、なんだったのか。すべては徒労に終わってしまうのか。

雨で濡《ぬ》れた髪を拭《ふ》きもせず、真芽は台所の窓から外に視線を移した。梅雨空の下、珠《たま》のように咲くアジサイの青紫色が、この季節に訪れるのが好きだった鎌倉を思い出させ、唇を噛《か》む。立ち枯れた桜の向こうに広がる庭を眺めながら、ひと息に麦茶を飲み干した。

落ちこんだその日の夕方、雨が止《や》んだ。

庭の様子を見に外に出たら、「こんちは」と声がした。ジローさんが、生け垣から顔をのぞかせている。

「どうも……」

真芽はおずおずと隣との境の生け垣に歩み寄った。

「これ、どうかなと思って」

ジローさんが手にした竹細工のザルには、色鮮やかな野菜が載っている。

「ミニトマト。それにサヤエンドウですよね？」

「ああ、この畑で採れたんだが、ひとりじゃ食べ切れん」

「いただいて、いいんですか？」

ジローさんはうなずき、日焼けした顔をほころばせた。「こいつは無農薬だからね。心配ないよ」

「それはありがたいです」

「で、ハルさんはどうしてるの？」

白髪まじりの、のびた眉毛《まゆげ》が寄る。「このところ見ないようだけど」

「じつは春先に大腿骨《だいたいこつ》を折りまして、今はリハビリ中なんです」

「それはお気の毒に。いやね、ずっと雨戸が開いたままだったから、私が外から閉めておいたんだよ。ずいぶん長いよね」

「だからですか、雨戸の鍵《かぎ》だけ掛かってなかったのは……」

真芽はひとり納得したが、言葉を濁した。

「早くよくなって、またこの庭に立てるといいねぇ」

ジローさんはそれだけ言うと、長靴で畑の畝《うね》を避けながら、ひょこひょこと歩いて行ってしまった。

仕事が休みの水曜日、老健に入所して約一週間が経《た》つハルを訪ねた。

落花生《ラッカセイ》畑が広がる郊外にぽつんとあるその施設は、建物自体は病院によく似ている。でも病院とはちがって、子供や若者の姿はほぼ見かけない。お年寄りばかりが集まって生活している。「老健は、病院と自宅の中間的な位置づけ」とネットでは表現されていた。

受付をすませた真芽は緊張しつつ、老人ばかりの施設内を進み、リハビリルームの向かいにあるエレベーターの前で待った。あとから車椅子《くるまいす》に乗った、老いた男性がやってきた。エレベーターに先に乗ってもらい躊躇《ちゅうちょ》していたら、「乗れるよ」と声をかけられた。箱のなかにふたりきりになり、動悸《どうき》がした。二階で車椅子に乗った男性が降りると、ほっとする。やはり男の高齢者は苦手だ。

典子に教えてもらった三階の部屋番号の前にたどりつく。ハルの名札のついた大部屋には、病院と同じように、クリーム色のカーテンで仕切られた四つのスペースがあった。

そのひとつ、右手奥の窓際《まどぎわ》のカーテン越しに声をかけるが反応がない。さっき通り過ぎたレクリエーションルームのテレビの前に人が集まっていた。あそこにいたのだろうか。

カーテンの隙間《すきま》からのぞくと、背中を向けたハルがベッドサイドの簞笥《たんす》の抽出《ひきだし》のなかをなにやらごそごそとやっている。カーテンに囲まれた個人のスペースは、病院よりもかなり広い印象だ。もう一度声をかけたら、ハルはようやく振り向いた。

そのハルの顔を見て、真芽はぎょっとした。まるで真芽が小学生だった頃のように、おかっぱ頭になっていたのだ。しかも前髪は短く、眉毛の上で水平に切りそろえている。

「どうしたの？　髪の毛切ってもらったの？」

真芽は思わず尋ねた。

「どうせ、変だって言いたいんだろ？」

ハルが子供のように口をとがらせる。

「ううん、そうじゃなくて」

「私はね、これが好きなの」とハルが言った。

「そっか、さっぱりしたね」

真芽はひきつる顔で笑顔をつくった。

「ところでどう？　ここの生活は」

談話室に移り、視線の高さを合わせ、真芽は問いかけた。「もう慣れた？」

「え？」とハルが問い返す。

今になってハルの耳の聞こえがよくないことに気づいた。視力についても同じことが言えるかもしれない。幸い歯だけは入れ歯のお世話になっていない。排泄《はいせつ》に関しては、尿漏れパッドを使用するに留まっている。骨折からはじまった入院生活のあいだに、いろんな老化が進んでいるのだ。そのことは否定できない。

もう一度ゆっくり尋ねると、首を横に振り、ハルはめずらしく不満げな表情を浮かべた。

「食事はどう？」

「病院と変わらないさ」

「杖《つえ》なしでずいぶん歩けるようになったね」

「いつまでこんな殺風景なところにいるのかね」

ハルはあたりを警戒するように視線を泳がせた。

たしかに部屋には、見る者を楽しませるいかなるものも存在しない。単調な世界だ。

「じゃあ今度、庭のお花を持ってこようか？」

「やめときな。怒られるから」

「だれに？」

「あたしの娘」

どうやら良枝のことらしい。

「最近、お母さんは来てる？」

「お母さんってだれの？」

「私の」

「さあ、どうだか」と首をひねる。

よくわかっていないのかもしれない。

試しに、「私の名前はわかるよね？」と尋ねてみた。

ハルは「ふっ」とごまかすように笑い、そっぽを向いてしまった。

そういえば、ハルは入院後、一度も真芽の名前を呼んだことがない。昔使っていた「まめ子」という愛称も口にしない。

勇気を出して真芽はもう一度尋ねた。

だが、ハルは目を伏せ、今度も返事がなかった。

忘れてしまったのだろうか。それとも単に名前が出てこないだけなのか。初孫ということもあってか、あんなにかわいがってくれたのに。

「私のお母さんは、村上典子。私はその娘の村上真芽。まめ子だよ」

無理して明るく言うと、ハルは顔を上げ、なぜかきょとんとした表情を見せた。

どうやら今日は、あまり調子がよくないらしい。さまざまな老化とともに、認知症も進んでいるのだろうか。

黙りこんだハルに、真芽は最近の庭の様子を話して聞かせた。

今朝、庭につがいのハトが遊びに来ていたこと。名前はわからないが、バラがたくさん咲いたこと。隣のジローさんが菜園でつくった野菜を分けてくれたこと。庭のラズベリーが赤く熟し、収穫どきを迎えていること。

「――それで」

とハルが口を開いた。「あの子は、庭に来てるんだろ？」

真芽は思わず唇を強く結んだ。

認知症の高齢者への接し方については、否定しないことが原則とされている。誤った接し方は、症状を悪化させる可能性があるとネットに書いてあった。

しかし嘘《うそ》をつくのはどうなのだろう。

少し間を置いてから、「まだ来てないよ」と真芽は唇を笑っているかたちにして答えた。

結局、真芽は今日たしかめようと思っていた質問をハルにできなかった。それは、今でも家に帰りたいのか、ということ。

でも最初から答えはわかっていた。

ハルは家に帰りたい。

でも帰れない。

――あきらめるしかないのだろうか。

老健をあとにした真芽は、駅前にあるスーパーの食品売り場に寄った。気分転換に、なにかつくろうと思い立ったからだ。

そうだ、とアイデアが浮かび、頭のなかで冷蔵庫を確認する。牛乳と卵とバター、それに小麦粉はある。足りない材料として、ベーキングパウダーとグラニュー糖を買い物カゴに入れた。

平日の午後四時前なのに、なぜかレジに長い行列ができている。動かない列の先頭をうかがうと、腰の曲がったおばあさんの姿があった。

買い物をすませ、エコバッグをぶらさげ、国道の歩道を家へと向かう。梅雨の晴れ間の空は、いつもよりなぜか青々と感じる。

家の前の路地に、空き缶が捨ててあった。こないだはタバコの吸い殻が落ちていた。しかたなく拾い上げたとき、路地の先に白の軽トラックが停まっているのに気づいた。軽トラックの荷台には、「遠藤生花店」の名前がある。運転席をのぞくと遠藤君が眠りこけている。

少し迷ってから、コンコンと窓をノックした。

はっと飛び起きた遠藤君は、危うく車の天井に頭をぶつけそうになり、思わず笑ってしまった。

作業着姿の遠藤君は、鳥避《とりよ》けのためのネットと支柱を届けてくれたのだ。庭に入り、さっそくとりつけはじめた。

そのあいだに、真芽はラズベリーを初収穫した。

赤く熟した木苺《きいちご》、ラズベリーはとてもみずみずしく美しい。気品があるといってもいい。ヘタからぽろりと取れる赤い実を手のひらに集めると、まるでルビーのようで幸せな気分になる。

ブルーベリーはスーパーで見かけるが、フレッシュなラズベリーはなかなかお目にかかれない。おそらく収穫量や保存の問題があるのだろう。ラズベリーは、見るからに傷《いた》みやすそうにも映る。

台所に立った真芽は、慣れた手つきで片手で卵を割り、泡立て器を使った。

野菜をもらったジローさんへのお返しにも使えると思ってつくりはじめたが、さっき、庭で遠藤君の腹の虫が鳴くのが聞こえた。味見をしてもらおう。縁側のテーブルでお茶の準備をした。

「これで問題ないんじゃないかな。やりすぎると見栄《みば》えがよくないからね」

「お疲れさまでした。ありがとう。代金は払うから」

真芽は作業を終えた遠藤君に「冷たい飲み物を用意したから、よかったらどうぞ」と声をかけた。

遠藤君は園芸用の手袋を外し、庭にある立水栓の前に立った。案の定、水は出ず、困った顔をしている。

真芽が用意したおしぼりを渡すと、それを使い、なにも言わずテーブルに着き、きつね色に焼けたマフィンを見つめた。

「どうぞ、なかに入ってるラズベリー、庭で今採ったやつなんだ」

「え、じゃあ、今つくったの？」

「そう。焼きたてだよ」

遠藤君は両手でマフィンを持ち、黙ったままもそもそと食べ、アイスティーをごくりと飲んだ。ナスビーがいないせいか、どこか落ち着かない様子で口数が少ない。あるいは話題が植物から外れているせいなのか。

試しに、庭に咲いている花を指さし、名前を尋ねてみた。風にそよぐ、丈のある細身の茎に咲くその小花を、真芽はとても気に入っている。

「あれは、ガウラだね」

と遠藤君はあっさり答えた。「日本だと、ハクチョウソウと呼ばれてる」

真芽は両手を翼に見立て、「ハクチョウソウ」とくり返した。

「鷺草《サギソウ》なんかのように、渡り鳥の白鳥の飛び姿からきていると誤解する人もいるけど、よく見ると白い花は鳥には見えない。ハクチョウソウは、白い蝶《ちょう》の草と書くんだ。つまり、羽を広げた白い蝶のような姿が名前の由来みたいだね。学名のガウラとは、ギリシャ語が語源で、華麗な、という意味らしい。北アメリカ原産。ちなみに多年草」

遠藤君はたちまち饒舌《じょうぜつ》になる。

「へー、そうなんだ」

真芽は笑いをこらえながらうなずいた。

たしかに遠くから眺めていると、群れた白い蝶がチラチラと舞っているようにも見える。名前がわかると、さらに親しみを覚えた。その流れで、ほかの植物の名前も遠藤君から教えてもらった。

すらりとのびた先のほうに薄紫色の小花を咲かせているのは、宿根リナリア。レースのような白い花と葉の繊細さが際立つ、オルレア。淡い青の小輪をたくさん咲かせる、半つる性のクレマチス、アラベラ。薄ピンクの長い花穂が天使の尻尾《しっぽ》のようなベロニカ、フェアリーテイル。半日陰で大きく葉を広げ存在感を放つギボウシ、パトリオット。なんだかどれも、名前が素敵だ。

「そうそう、桜の木なんだけどさ、学生時代に樹木医の先生から聞いた話を思い出したんだ。再生させるためには、早く根元から切って、切り株を残すべきらしいよ。まだ根は生きてるかもしれないから」

遠藤君は皿の上のラズベリーマフィンをぺろりと二つ食べ終えたあと、「じゃあ、そろそろ」と言い出した。

「今日は仕事休みだったの？」

「うん。だいたい水曜日が休み」

「そうなんだ。私も水曜は休み」

「仕事決まったんだってね」

「そうなの。いつまで続けるかわからないけど」

「どうして？」

「仕事はパートだし、この家、売るかもしれないから」

「じゃあ、ハルさんはどうするの？」

「さっきお見舞いに行って来たんだけど、やっぱり年をとったよね」

真芽は手にしていたティーカップを静かにソーサーに着地させた。「ハルばあは、大腿骨を骨折して入院したわけだけど、認知症が進んでるみたい。だから私の親や叔母は、足がよくなってもここに帰るんじゃなく、施設に入れたわけ。本人もひとりでやっていけるか不安があったみたいで」

「そうなんだ」

遠藤君は一度立ちかけたが、座り直した。

「ハルばあ、ときどきおかしなことを言うの」

「どんな？」

「庭に人が来るって」

「え？　それって、おかしなことかな？」

遠藤君は首をかしげた。「庭に人が来るのは、とくに不自然だとは思わないけど。実際、僕だってこうして来てる」

たしかに、そう言われると返す言葉に窮した。

「じつはこの庭、私が来るまではひどいことになってたの」

真芽はスマホから当時の庭の写真を探して見せた。「ハルばあの認知症は、幻視が特徴らしくて、そこに存在しないものが、ありありと見えてしまうみたいなの。たとえば、不審な男とか、女の子とか、きっと花なんかも」

「認知症って、そんな症状もあるんだね」

遠藤君は初めて知ったらしく、かしこまった顔になった。

「不思議だよね」

「なにが？」

「さっき寄ったスーパーのレジで、ハルばあと同じくらいの年齢のおばあさんを見かけた。ハルばあより背中は曲がってたかな。そのおばあさん、お財布からお金を出すのに苦労して、後ろで待ってる人たちはちょっとイライラしてるみたいだったけど、支払いをすませると、買い物袋に買ったものをゆっくり詰めてた。そのとき、ふと思ったの。どうしてこのおばあさんは、人に多少迷惑をかけながらもふつうに生活しているのに、ハルばあは施設に入らなくちゃならないんだろうって」

「それって、認知症のあるなしなのかな？」

「でもね、多かれ少なかれ年をとれば、動きが鈍くなったり、物忘れとか、うまくいかないことが出てくるわけじゃない。もしものことがあったらって、母も言ってた。もちろん、ハルばあ自身にも不安がある。でもその多くの不安っていうのは、じつはハルばあのものではなくて、まわりの人間、私の親や叔母の不安なんじゃないかって、思ったりもするんだよね。ハルばあの不安は、まわりの人間の言葉で大きくもなるんじゃないかって」

人生にもしもは、つきものでもある。だれの人生にだって、もしもはあるのではないだろうか。確率の問題と言うかもしれない。でも確率だけで、人は生きるわけではない。

真芽はそこまでしゃべり、「ごめんね、こんな話聞かせちゃって」と謝った。

遠藤君は黙って首を横に振った。「認知症とはちがうかもしれないけど、うちのおふくろも、親父が亡《な》くなってしばらく、というか今も、なんかぼんやりしてることが多くてさ。元気ないんだよね」

「そうなんだ」

「村上さんもさ、仕事をはじめて忙しくなってきたわけでしょ。ハルさんのこともあるわけだし、もしよかったら、この庭のこと、僕も手伝うよ。ここに植えてある多くの植物は、もともとはうちの店で売ったものだし」

「そこまで責任持つことないよ」

真芽は口元をゆるめた。でもうれしかった。

「いや、そうじゃなくて」

遠藤君はどこか思い詰めた表情になる。「僕には、もう庭がないからさ」

その言葉に、真芽ははっとした。

もちろん、世の中には庭を持たない人もいる。家を持たない人もいる。でも大事にしていたものを失うことは、だれでも悲しいはずだ。

「――そういえばさ」

真芽は息が詰まり、話題を変えた。「言い忘れてたけど、あの話をしてみたの」

「あの話って？」

「ほら、ハルばあが、遠藤生花店にいちゃもんつけたって話。お店で買った花が、別の花を咲かせたって」

「いや、いちゃもんだなんて思ってないよ」

「まあまあ」

真芽はマフィンに使わなかったラズベリーをひと粒摘《つま》んだ。酸《す》っぱさのあと、すぐにさわやかな甘さと、かすかな土のかおりが口のなかに広がる。

「ハルばあは、その話自体は覚えてたの。でも、自分が買った花苗のことは思い出せなかった」

「じゃあ、どんな花が咲いたのかは？」

「うん、それも聞いてみた。そしたら、その花は、今もこの庭にあるはずだって」

「え？　ほんとに？」

遠藤君が目を見開いた。「てことは、一年草じゃないってことだね」

「咲くのは今時分だって。そう、バラだって言ってたの」

「――バラ？」

「けど、そのバラの名前は出てこなかった。やっぱり、その当時から、認知症がはじまってたんだと思う」

遠藤君は立ち上がり、縁側から庭を眺めた。その横顔はもの憂《う》げだが、瞳《ひとみ》は澄んでいる。

庭には、いくつものバラがある。すでに花が咲き、散ったものもあれば、今も咲いているものもある。真芽には、品種まではわからない。

「あとね、ハルばあがほしかったバラは、『せいぞうさん、おすすめのバラ』だって言ってた」

「せいぞうさん？」

「そう」

「その人はバラに詳しいということ？」

「どうやら、そうらしいんだけど」

「苗字《みょうじ》は？」

「わからない。せいぞうさんは紳士だって言ってたけど」

真芽は答えた。「けど、たぶんそんな人、存在しないんだと思う」

「――そうか」

と遠藤君はつぶやいた。「バラだったのか」

翌週の火曜日の夕方、今度はナスビーがひとりで庭にやって来た。落ち着いた服装からして、仕事帰りらしい。

「私にも食べさせてよ」

縁側のテーブルの椅子に腰かけるなり、むくれ顔のナスビーが頬杖をついた。

「え、なにを？」

「遠藤君が、まめ子の庭ですごくおいしいマフィンをご馳走《ちそう》になったって」

「え？　でも遠藤君、食べたときなにも言ってなかったよ」

「そういう人なのよ、あいつは」

ナスビーはあきれ顔をした。「いつもは植物の話しかしないくせに、えらく感動しちゃってさ」

「でも、もうこんな時間だからね。じゃあ、夕飯食べてく？」

「いいの?」

「マフィンは残ってないし、簡単なものならできるけど」

「ラッキー!」

ナスビーの頬がゆるみ、顔がさらに面長に見えた。

真芽は縁側からサンダルをつっかけて庭に降り、あたりを見まわしてしゃがんだ。

「ちょっと、なにやってるの?」

「ハーブ摘んでるの」

「ああ、びっくりした。私には草でも食べさせるつもりかと思っちゃった」

「そんなあ。まあ、ハーブも草なんだけどね、食べられる」

真芽は笑い返し、台所に立つと、自分の夕飯を兼ねて手早く何品かをつくった。

縁側からナスビーの声が聞こえた。「なに、これ?」

「ベビーリーフのサラダだよ」

「でも、オレンジ色の花がのってるんですけど」

「それは、うちの庭でとれたナスタチウム。花も食べられるって、遠藤君が言ってたから。葉っぱも入ってるよ」

「へえー、粉チーズが利《き》いてるね。ぴりっとするけど、おいしい」

「でしょ」

真芽は二品目の皿を運んだ。

「これ、うまっ」とナスビー。

「安いお肉だよ。お肉屋さんで買った豚肉のカシラ。味つけは、庭で摘んだフレッシュタイムとニンニク、それに塩と胡椒《こしょう》。じっくり弱火で焼いて、最後に赤ワインでフランベしたの」

「うわぁー、居酒屋で食べるホルモン焼きの硬いカシラとまるでちがう。またこの草が、タイムだっけ、いい味出して、しかも、やわらかぁー」

「それはよかった」

「ねえ、赤ワインって残ってたりする？」

「あるよ。パックのやつでよければ」

「かたじけない」

ナスビーが両手を合わせ拝んだ。

ナスビーはよく食べ、よく飲み、よくしゃべった。それは気持ちがいいくらいだ。

まだ日が落ちる前ではあったが、縁側で蚊取り線香を焚《た》いて、真芽もワインを付き合った。

「でもあれだね、仕事のほう、決まってよかったね。厨房の仕事なんでしょ？」

「うん、ベテランのお母さんばっかりだから最初は手こずったけど、少し慣れてきた」

「そうかぁ、まめ子は会社では総務やってたって聞いたけど、大学は家政学部だもんね。けど、年上のおばさんばかりだと、なにかと大変でしょ」

「文句はずけずけ言われる。けど、今日は一番うるさい人から、『あんた、千切りなかなか上手《うま》いじゃない』って、ほめられた」

「へー、やったね」

「昼食は自分たちでつくったものを食べるんだけど、そのときの会話がね、ついていくのがけっこうむずかしいかな」

「どんな話をするわけ？」

「まあ、多くは旦那《だんな》の愚痴と子供の話だよね。でも今日は、地元ネタ」

「あらま、どんな？」

ナスビーがおでこを叩《たた》いた。

「『また出たんだってね』って言うから、なんの話かと思ったら、『あれでしょ、印旛《いんば》沼《ぬま》のガメラ』って」

「ガメラじゃないわよ、カミツキガメ」

「そうそう」

「なんか悔しいよね。佐倉っていえば、印旛沼のカミツキガメみたいなイメージでさ。今年も捕獲作戦はじまったって、ニュースでやってたけど」

さすがは地元で働く図書館司書らしく、このあたりの事情には明るい。印旛沼とは、佐倉市を含む千葉県内四市一町にまたがる利根川《とねがわ》下流の県内最大の沼で、自然公園に属しているが水質はよいとは言えない。ペットとして日本に持ちこまれたアメリカやカナダに生息するカミツキガメが野生化し、全国に広がっているが、とくに印旛沼では六千匹を優に超える数が生息し問題視されているそうだ。

「あれはね、デカくなるのよねー」

ナスビーは舌を打ち、「これもいけるね」と言った。

ナスビーがほめてくれた色鮮やかなサヤエンドウの〝おかかまぶしマヨネーズ〟は、昔ハルがよくつくってくれた。サヤエンドウは、隣の畑で採れたいただきものだと説明し、そもそもラズベリーマフィンを焼いたのは、そのお返しのつもりだったと釈明した。

「お隣さん、小川さんでしょ。このあたりの地主さんだよね」

「え、そうなの。そうは見えないけどなあ」

「どうも変わり者らしいよ」

ナスビーは声をひそめた。

「どんなふうに変わってるの？」

「人付き合いがわるいんだって。いくら誘っても、老人会とかに参加してくれないって、近所の人から聞いたことある。それと、かなりのけちだって」

「へえー」と真芽は首をゆらした。

その後、遠藤君の話になった。遠藤生花店のひとり息子は大学の園芸学部を卒業後、家業を継ぐつもりだったが、お父さんが亡くなり、断念したらしい。お店はいつも花にあふれていたものの、生花店の経営は楽ではなかったようだ。今は母親と二人、団地で暮らしているという。

「家を売ったのは、借金とかもあったからじゃない」

ナスビーはワインで赤く染めた自分の頬を手のひらで扇《あお》いだ。

成田方面へ向かう電車が庭先の常緑樹の向こうを通り過ぎていく。その間だけ、二人は息を止めるようにして会話を中断した。

静けさがもどり、涼やかな風が吹いてくる。

今はそれが、ガウラ——白蝶草《ハクチョウソウ》だとわかる、白い小花が風にゆれている。

見上げた南の空はまだ仄明《ほのあか》るい。

「日が長くなったね」とナスビーがつぶやいた。

「そういえば、もうすぐ夏至だね」

真芽は二十四節気の名前を口にした。

「なんか気持ちいいなぁー」

「そう。だったら、よかった」

「だってさ、仕事が終わっても行くとこなんて、たいしてないじゃない。毎日実家にまっすぐ帰っても、おもしろくないもん。私もひとり暮らししたいんだけどな」

どうやら真芽と同じように彼氏がいなさそうなナスビーは、ワイングラスを空けた。

デザートには、買い置きのバニラアイスクリームに、庭で摘んだミントの葉とラズベリーを散らし、ガラス皿に盛りつけた。

「これって市販のアイス？」

「今日は時間がなかったからね。百円のやつ」

「いやー、ひと手間かけると、こんなにおいしくなるんだね」

ナスビーは目を閉じて味わっていた。

空がようやく暗さを増していく。

「ごめんね、突然寄ったのに、すっかりご馳走になっちゃって」

「いいのいいの、近所なんだから、また寄って」

「うん、そうする」

ナスビーはこくりとうなずいた。「これ、もしよかったら読んでみて。図書館に置いてある、認知症に関するパンフレットなの」

「どうもありがとう」

「ほんと、おいしかった。遠藤君に会ったら、たっぷり自慢してやるんだ」

ナスビーはメガネの奥の目を細め、ハルの庭から帰っていった。

どこかで蛙《かえる》が鳴き出した。

大暑　闖入者

典子によると、真芽がハルの家にいつもいることについて、叔母の良枝から電話があったそうだ。真芽は庭のめんどうを見ているだけで、そのうち実家にもどりますから、と典子はやんわり答えたとのこと。

良枝は、不動産屋の話では人が住んでいない家は傷《いた》むらしいから、それはそれでかまわない、室内も庭もきれいになってむしろ感謝している、と応じたとか。ただし、家の内覧を希望する人が現れる場合もあるので、そのことは承知しておくよう、ことづかったそうだ。

ハルを自宅ではなく老健へ移した選択については、父はここへきて正解だった、と結論づけた。施設にさえいれば、なんの心配もいらない。栄養管理された三度の食事。介助つきの入浴。リハビリや医療ケア。楽しいレクリエーション。友だちだってきっとできる、と典子も賛成した。

ハル自身は不満を漏らしたが、「ここを出たい」「家に帰りたい」というせりふは、施設にいるだれしもが口にする決まり文句だとして、父も良枝もまともにとり合おうとしない。すでに老健から出たあとの民間施設の検討もはじめたらしい。

「じゃあ、一時的に、たとえば半日でもいいから、ハルばあを家に帰らせてあげたら？」

そんな真芽の提案にも反対だという。今は施設に慣れることを優先すべきであり、安易に帰宅させれば、それこそ家に帰りたくなるだけだと。

もっともらしい意見ではある。とはいえ、ハルの家を売る話は進めている。はじめからハルを施設に入れ、家を処分するつもりだったとさえ思えてくる。

「あのおかっぱの髪型、あなたも見たでしょ。訪問理容のサービスを受けたとき、あいうふうにするよう理容師さんに強くせがんだらしいの。おばあちゃんは、認知症だからね」

しばしの真芽の沈黙に、典子があきらめ声をかぶせてきた。

これまで真芽は、認知症についてよくわかっていなかった。ネットで調べたり、ナスビーからもらったパンフレットを読んだりして、自分なりに理解しようと努めた。

なぜなら、子供の頃に世話になった、ハルはハルであり、ハルのことを理解したかったからだ。

真芽が知ったのは、まず認知症とは、言葉のとおり〝症状〟だということだ。つまり、病名ではない。さらに症状はひとつではなく、さまざまだ。物忘れなどの記憶障害や、人や時間や場所がわからなくなる見当識障害、ハルのように実際には無いものが存在するかのように見えてしまう幻視……。

それらは生まれたあとに、一部の脳機能が正常に働かなくなることによって起こる、と考えられている。脳の萎縮《いしゅく》がひとつの原因であり、その萎縮の部位によってさまざまな症状が出るらしい。

けれど認知症とは、日常生活を行うことがむずかしくなる症状であり、なにもかもわからなくなるわけではない。なにかがおかしいと、多くの場合、本人も自覚しているという。生きていれば、だれにでもいずれ起こり得るものらしい。ハルだけでなく、父や母や叔母にも。そして、いずれ真芽の身にも起こり得る。私はだいじょうぶ、とはだれも言い切れない。だとすれば、それはその人の人生の一部にほかならない。

人生とは、人それぞれのはず。

生き方は、本来自分が選ぶべきものではないのだろうか。

帰る場所を失い、施設を終《つい》の住処《すみか》とするのは、人生の大きな岐路だ。施設では便利なことも多いだろうが、当然、自宅で暮らすようにはいかない。ハルの場合でいえば、好きな植物を育て愛《め》でることさえままならない。

ハルの気持ちはゆれている。

真芽にはわかる。

それなのに、叔母や両親は一緒に考えようとはせず、先を急ごうとしている。でもそれを阻止することは、もはやむずかしそうな状況だ。

とりあえずこっちで仕事をはじめたことを報告し、典子を安心させ、真芽は電話を切った。

「ねえ、ハルばあは、今いちばんなにがしたい？」

水曜日、老健に足を運んだ真芽は、ハルに尋ねた。

ハルはしばらくぼんやりしたあと、「もうしたいことなんてないさ」と遠い目をして答えた。声に張りがなく、口数も少ない。どこかぼうっとしていた。

老健から家に帰ると、居間のほうからなにやら声がした。早くも内覧希望者とやらが訪れたのだろうか。だとすれば、ひと言連絡してほしかった。

足を忍ばせ廊下を歩き、ドアを薄く開けて部屋をのぞく。だれもいない。そもそも玄関には鍵《かぎ》が掛かっていたし、沓脱《くつぬ》ぎには、真芽とハルの履き物しか見あたらなかった。

空耳かと思って、庭が見える窓際《まどぎわ》まで進んだとき、後ろで笑い声がした。

振り返ると、テレビがついていた。

「え？」と思わず声を漏らす。

朝、いつものようにテレビのスイッチをつけ、天気予報を見た。でも家を出るとき、消したはずだ。

――消し忘れたのだろうか。

以前ハルも同じことを言っていた。家に帰ったらテレビがついていたと。そのとき真芽は、「消し忘れたんじゃないの？」と口元をゆるめた。いや、たしかに私は消して出た、とハルは唇をとがらせた。

同じ立場になって、急に自信がなくなった。

そういえば、家に入る前にも違和感を覚えた。国道から入る路地でのことだ。春に掃除をした際、カラー軍手をはめて、子供の頃「キリンソウ」と呼んだ背の高い枯れた草を片っ端から引っこ抜き、それを路地の脇《わき》にまとめて放置した。なんとかしなくてはと、ずっと気になっていたのだが、それがいつの間にかなくなっていたのだ。

真芽はテレビを消し、玄関先にまわった。

——やはり、ない。

さっきは、あれ、と思ったが、だれかが片づけてくれた、くらいにしか受けとめなかった。自分にとって都合がよかったので深く考えもしなかった。

でも考えてみれば、妙だ。

視線を上げ、家を見上げた。板壁に網を掛けたように絡《から》んだ、植物の枯れたツルがなくなっている。だらしなくぶら下がっていた、外れた雨樋《あまどい》も見あたらない。風で落ちたのだろうか。

いや、そうじゃない。ぶら下がっていた雨樋が軒先の下、正しい位置にもどっている。

——この家は、生きているのか?

自分で再生する能力でもあるのだろうか。植物のように。

まさか、そんなはずはなかろう。

この家を少しでも高く売るため、良枝が業者にでも頼んだのだろうか。

と、そのとき、路地に白の軽トラックがのろのろと入ってきた。

「いや、もちろん僕じゃないよ」

遠藤君は庭のバラの花がらを自前の剪定鋏《せんていばさみ》で切りながら答えた。花がらというのは、咲き終わった花の部分で、バラの場合などは、早めに切ったほうが病気の予防になり、生長の助けにもなると遠藤君から教わった。

「かんちがいじゃないの？」

「そうかなあ……」

真芽も花がらを五枚葉の上の部分で切っていく。

「それに、路地に生えてたっていう背の高い枯れ草だけど、キリンソウじゃないと思うよ。キリンソウは、せいぜい三十センチくらいにしかならないし、今や稀少《きしょう》な植物だからね」

「花の色は黄色だよ。子供の頃、野原にたくさん生えてたやつ」

「たぶんそれは、帰化《きか》植物の背高泡立草《セイタカアワダチソウ》のことだと思う」

黄色くて背が高いからキリンソウと呼ぶのだと真芽は思いこんでいた。でも今は、正直そんなことはどうでもよかった。

「それはそうと、わかったんだ」

遠藤君は手を休めずに話し続けた。

「なにが？」

「ハルさんが、うちの店で買った花苗が別の花を咲かせた件。こないだ、その花苗がバラだって聞いて、家に帰ってよく考えたら、ぴんときた。今日、この庭に来て確信した」

「じゃあ、ハルばあの言ってたことは、ほんとうの話だったってこと？」

「だと思うよ。ほら、見てごらん」

遠藤君は線路との境のフェンス近くに立って指さした。「ハルさんがうちの店で買った花苗から育ったバラだよ」

それは枝を左右に奔放にのばしたつる性のバラだった。花期は終えている。

「え、これだったの？」

真芽はそのバラの花がらの、すでに小さな硬い実となっている部分をつまんだ。

「このバラ、この庭でいちばん最初に咲いてたんじゃないかな。白い小花で、四月の半ばくらいから咲きはじめて、すごくいい香りがしたの」

「ハルさんは、このバラがほしかったわけじゃない。花苗をまちがって買ったわけでもない。でもね、うちの店も、このバラを商品として売ったわけじゃないんだ」

「え、どういうこと？」

真芽は頭のなかが混乱しかけた。

「このバラは、ノイバラ。いわゆる野バラ。ハルさんが買ったバラの台木《だいぎ》に使われてたんだ」

「台木って？」

「この国のバラの多くは、日本の環境に合うように、接《つ》ぎ木をして育てられるんだ。台木って言うのは、接ぎ木をするときに、継がれる側、つまり台にする根のあるほうの木のこと。見てのとおりノイバラは、とても繁殖力の強いバラなんだ。もともと日本各地に自生しているバラだから、この国の土に合ってる。病気にもなりにくい。だからほとんどのバラは、ノイバラの台木に接ぎ木して育てられる。そのほうが生長も早いからね」

「でも、ふつうは接ぎ木したほうのバラが咲くわけだよね？」

「本来はね。たぶん、台木からノイバラの芽が出て、接いだ品種のほうが負けちゃったんだと思う。継ぎ口より下の芽はノイバラの芽だから、それを〝芽かき〟して取りのぞけば問題ないんだけど、気づかない場合もあるからね」

「じゃあ、ハルばあは、気づけなかったってことか」

「いや、僕が思うに、ハルさんはどこかで気づいたけど、それはそれでいいと受け入れたんじゃないかな。僕の親父《おやじ》が花苗の交換を申し出たとき、『もういいの』ととり合わなかったらしいから。『私がほしかったのとはちがったけど、花は咲いたから』って。今思えば、堅物だった僕の親父に向けた、ハルさんなりの冗談だったような気がする」

「それって、たしか三年くらい前の小満の頃だったって、遠藤君言ってたよね」

「そう、五月の二十一日頃、つまり初夏だね」

「そういえば、このバラ、五月の中旬まで咲いてた気がする」

「ハルさんは台木とはいえ、せっかく芽を出して生長したノイバラ、学名はロサ・ムルティフローラと言うんだけど、それを抜くことはしないで、この庭に残したんだ」

「じゃあ、私の誤解だったんだ。ハルばあは、てっきりその頃から、認知症だったと思いこんでた」

真芽は下唇をかんだ。

「そうかもしれないね」

遠藤君は笑顔を見せ、その後もバラの花がらを丁寧に摘んでいた。

でも、なぜかノイバラの花がらには手をつけなかった。

すでに七月に入ったその日、いつもより遅く家に帰った真芽がポストのなかをまさぐると、手紙を見つけた。

といっても、それはノートを切り取った一ページを四つ折りにしたものだった。

宛名《あてな》を見て、真芽はぎょっとした。

「ハルばあへ」

と書かれていた。

——どういうこと？

真芽は庭へ歩き、縁側に腰かけた。

いつものようにガウラの細い枝が風にゆれている。アガパンサスのすっと長くのびた茎の先に、放射状の淡いブルーの花が、その奥に純白のムクゲが咲いている。

手にした四つ折りの紙を開くと、拙《つたな》い字が踊っていた。

もうすぐ夏休みです。

またあそびに来るからね。

へたくそなまるみのある文字。それもたった二行の。おそらく子供からの手紙だ。差出人の名前は書かれていない。住所もないし、切手も貼《は》っていない。だとすれば、自分でここまでやって来て、ポストに投函《とうかん》したことになる。

その夜、二段ベッドの下で寝ていた真芽は物音で目を覚ました。

音がするのは上の方からで、雨音かと思ったが、雨だれのような湿った音ではない。

からだを起こし、息をひそめ、暗い天井を見上げた。

――なんの音だろう。

昼間、屋根の上をカラスが歩くと、バタバタとかなり大きな音がする。それとはちがう。以前ネズミらしき足音を聞いたことがあるが、もっと大きな生きものだ。そろりそろりと歩いているような気配がした。そしてときおり立ち止まる。――また、動き出す。

真芽は暗がりのなか、音を目で追う。

部屋の隅のほうでやがて音は止まった。

頭からタオルケットをかぶり、からだをちぢこまらせた真芽の脳裏に浮かんだのは、ハルの字で書かれた玄関の柱の貼り紙。〝お願い　家には入らないでください〟〝さわるな！〟〝また、だれかが家に入りこんでいる〟〝すぐに出なさい！〟

あの貼り紙は、いったいだれに向けて書かれたのだろう。

先日、家に帰るとテレビがついていた。路地に置きっぱなしにしていた、抜いた草がなくなっていた。だらしなくぶら下がっていた、外れた雨樋は本来あるべき位置にもどっていた。

——そして今日、ポストに手紙が入っていた。

考えれば考えるほど、よくわからない。

同じ人物の仕業とも思えない。

こわくて頭が混乱する。

「ときどき庭に人が来るのよ」

ハルの言葉が浮かんだ。

——いったいだれが？

真芽は叫びたい衝動を抑え、孤独に耐えた。

明け方、上り方面の始発電車が通るまでとうとう一睡もできなかった。

寝不足のままケアセンター「あすなろの里」へ向かい、なんとかへまもせず午前中の調理を終え、職場仲間と調理着のまま昼食をとる。しかし眠気から話題についていけない。カミツキガメに続き、今回も地元の話であることだけはわかった。

気がつけば、やたらと「カムロちゃん」という名前が聞こえてくる。

話に加われないでいると、「村上さんも知ってるよね、カムロちゃん？」と言われた。「ほら、佐倉市のゆるキャラ」

「ああ、広報紙かなにかで見たことあります」

真芽はキャラクターの姿を思い出した。「おかっぱ頭の女の子ですよね」

「カムロちゃんはね、性別は不明らしいよ」

「え、そうなんですか」

「何歳か知ってる？」

「子供ですよね。八歳くらいですか？」

今の真芽にとってどうでもよかったが答えた。

「ちがうよねー」

最年長の内田《うちだ》さんが、金歯を見せ、楽しそうに答える。「四百歳ぢゃ」

語尾に「ぢゃ」をつけるのが、カムロちゃんの話し方らしい。

「え、そんなに？」

「だって、〝あやかし〟だもの」

「〝あやかし〟って？」

「妖怪《ようかい》。その昔、佐倉城に住んでたらしいよ」

「ほんとの話ですか？」

真芽が真顔で尋ねると、「そんなに真剣になられても困るんぢゃ」と内田さんが言い、みんなが声を出して笑った。

昨夜のことがあり、過剰に反応してしまった真芽は顔を赤らめた。

仕事を終え、帰ろうとしたとき、栄養士の吉沢に声をかけられた。出勤日を増やせないか、という話だった。

「水曜日はどう？」

「それはちょっと……」

このところ水曜日は、遠藤君が庭の手入れに来てくれている。

「だったら、毎日三時半までじゃなくて、遅番もやってくれない」

「遅番って、基本ひとりで夕食つくるんですよね？」

「そうよ。ここのショートステイは定員二十名だから、それと職員の検食分だけ」

「私にできるかな……」

「できると見こんでるから頼んでるのよ。最初はサポートするし」

吉沢が太い腕を豊満な胸の前で組んだ。「それと、明日から〝洗い〟はいいから、〝おやつ〟のほうにまわって」

「〝おやつ〟もひとりでつくるんですよね？」

吉沢は黙って二重顎《にじゅうあご》を縦に振る。

真芽がパートで担当する〝中番〟は、全員で昼食をつくったあと、〝洗い〟〝弁当〟〝おやつ〟の三班に分かれる。〝洗い〟はいわゆる皿洗い、経験の浅い者が担当する。〝弁当〟はデイサービスの利用者の持ち帰り夕食弁当、〝おやつ〟は三時に利用者に提供する軽食。三班といっても、〝弁当〟は二人、〝おやつ〟はひとりで担当する。

〝おやつ〟はやってもいいと思っていたが、結局、週に二日、午後六時半まで働く遅番も引き受けることになった。

家に帰った真芽は、昨夜の音が気になって、家のなかを見てまわった。居間の奥にある二間続きの和室には、あまり立ち入らないようにしている。手前が仏間で、昔は奥の間が祖父母の寝室だったが、ハルは庭に面した仏間を居室としていたようだ。雨戸を開け、風を入れ、仏壇の掃除をした。

子供の頃、ここで暮らしていたときは、ハルに倣《なら》ってよく仏壇に手を合わせていた。引っ越した家に仏壇はなかったため、仏様、ご先祖様にお参りする習慣はなくなってしまった。

しかし、困ったときの神頼みではないが、掃除を終えると、水と庭の花をお供えした。

お線香を一本だけ焚《た》く。お鈴《りん》を鳴らし、両手を合わせる。

――どうぞハルばあの症状がよくなりますように。

――夜中に〝あやかし〟が出ませんように。

ついでに、鴨居《かもい》に並んだ祖父、そして曾祖父母《そうそふぼ》の遺影に向かっても手を合わせた。

はあ、とひと息つき、ふと目をやった仏壇の隣にある本棚に、園芸関係の本を見つけた。函《はこ》入りの「家庭の園芸」という分厚い本の隣に並んでいるのは、バラに関する本だ。「ばらに贈る本」「バラ図鑑」「バラの育て方」。

「バラの育て方」は副題に「よくわかるバラの栽培12ヶ月」とある。発行は一九九四年。ハルはこの本を読みながら、庭に植えるバラを選んでいたのだろう。手に取りパラパラとめくると、書きこみを見つけた。ハルの字だ。カラー写真の下に紹介されたバラの名前に、手書きの星印がつけられている。

三冊の本の著者、監修者はいずれも同じ名前だった。

それから約二週間、何事もなく過ぎた。すでに小中学校は夏休みに入っている。

梅雨が明け、日増しに夏の日差しが強くなってきた。雨が降らない。しかたなく台所の水道から開けた窓を通してホースをのばし、ふたつあるジョウロとバケツに水を汲《く》む。そのため庭の水やりに時間がかかる。

でも真芽は、ホースで水を撒《ま》くより、ジョウロを使うのが好きなのだ。そのほうが身近に植物の様子を観察できる。ときには花に話しかけ、水をやることもある。なにより、水を撒いている実感が湧《わ》く。

七月下旬、その日もよく晴れ、暑くなった。ケアセンター「あすなろの里」の厨房《ちゅうぼう》は蒸し風呂《ぶろ》状態。午前中だけでTシャツが汗だくになり着替えた。かなり過酷な職場環境だ。

午後三時半過ぎ、真芽は献立に従い三時のおやつ、「あずき白玉」をつくり終え、厨房をあとにした。国道の歩道で自転車から降りて路地に入ると、家の木戸が中途半《はん》端《ぱ》に開いているのに気づいた。

木戸を抜け、玄関の鍵を調べると掛かっている。だれかが訪ねてきて、不在と知って木戸をきちんと閉めなかっただけかもしれない。

念のため、ヒマワリが盛りの庭に向かった。

すると、縁側の前に、だれかがしゃがんでいるではないか——。

——子供だ。

まだこちらには気づいていない。

足を止め、物置小屋の陰からそっとのぞく。

おかっぱ頭の女の子だった。

小学校低学年といったからだつきの少女の前には、庭でよく見かけるノラ猫がごろんと寝そべり、無防備に晒《さら》した腹を撫《な》でてもらっている。

真芽の気配を感じたのか、不意にその子が顔を上げた。

目と目が合う。

「——こんにちは」

真芽のほうから声をかけた。

「あんただれ？」

女の子は動きを止め、一重の目を細めた。

その大人びたキツイ口調に、あなたこそだれなの、と思ったが、相手は子供だ。

「ここでなにしてるの？」と穏やかに尋ねた。

「あたし、ハルばあに会いに来たの」

女の子は口をとがらせた。

真芽は目を見開いた。「あなた、ハルばあを知ってるの？」

「あんた、もしかして、まめ子？」

「えっ？」

「まめ子でしょ？」

その言葉に真芽は後ろによろめきかけた。

なぜ自分が、見ず知らずの女の子に、しかも呼び捨てにされなくてはならないのか。

「私、ハルばあの孫で、村上真芽ですけど」

「やっぱりそうだ、まめ子だぁ」

女の子は、けらけら笑い出した。「あたしは、あずき。ハルばあの友だち」

「あずきちゃん？」

「そう、小学三年生」

だとすればずいぶん年の離れた友人だ。

あずきの着ている服は、だれかのお下がりなのか、あるいは古着なのか、色が褪《あ》せ、袖《そで》の部分がほつれている。顔も腕も日に焼けているが、小柄で痩《や》せていた。ハルにそっくりな髪型は、母親が、あるいは自分で切っているのかもしれない。

「じゃあ、こないだポストに手紙を入れたのは、あずきちゃん？」

こくりとうなずいたあずきは、まったく物怖《ものお》じせずに尋ねてきた。「ハルばあは？」

真芽が縁側に歩み寄ると、喉《のど》をゴロゴロ言わせていたノラ猫が起き上がり、のそのそと離れていった。

あずきは膝《ひざ》を立て、「モンブラン、またね」と声をかける。

「この猫、モンブランっていうの？」

「そう、素敵な名前でしょ。あたしがつけてあげたの。ほら、ケーキのモンブランみたいな毛の色だから」

「ああ、なるほど」

「あー、のど渇いた。お腹《なか》もぺこぺこ」

あずきはわざとらしく腹をへこませ、だらしなく赤い舌を出してみせた。

台所から真芽がもどると、あずきは縁側に座っていた。使っている椅子《いす》は、背もたれにキャラクターがプリントされた子供用の椅子だ。

ハルばあが言っていた、お腹をすかしてくる子とは、あずきのことかもしれない。

先日会いに行った際、真芽が最近の庭の様子を話して聞かせたあと、ハルが言った。

「あの子は、庭に来てるんだろ?」と。てっきりハルが見ている幻のことだと思い、真芽は無理に笑って、「まだ来てないよ」と答えたのだ。

あずきは、幻なんかじゃない。実在したのだ。

――だとすれば。

「おっ、これはなんだ?」

汗をかいたグラスの麦茶を飲んだあと、あずきが皿を指さした。顔はわかりやすく、ほころんでいる。

「マフィンだよ」

「ふうん、うまそうだな」

あずきは紙のカップに包まれたマフィンを指先でつついた。

「どうぞ、めしあがれ」

真芽が言うが早いか、少女はマフィンにかぶりついた。一重の目が大きく開き、細くなり、垂れ下がる。口はわるいが、表情がとても豊かで、素直だ。

真芽は黙って感想を待つ。

あわてて食べたせいか、あずきは小さな胸をトントンし、麦茶を飲んだ。

「あー、死ぬかと思ったぜ」

あずきは小さな鼻先をフンと横に振る。「まあ、ハルばあの手づくりのお菓子にはかなわないが、これもいけるな。どこで買って来たんだ？」

「手づくりだよ。なかに入ってるブルーベリーは、この庭で採れたもの」

「えっ、じゃあ、まめ子がつくったのか？」

「そうだよ。昨日焼いたの」

「そうか……」

あずきは、食べかけのマフィンをしげしげと眺めた。「まめ子もなかなかやるな」

その言葉に、真芽は噴きだしそうになった。

麦茶を飲みながら、真芽はこましゃくれたあずきとのおしゃべりを楽しんだ。あずきは、お母さんと二人で暮らしているらしい。路地に逃げこんだモンブランのあとを追い、偶然この家にたどり着いたら、ハルばあに声をかけられ、庭の縁側でおやつを出してもらったそうだ。それ以来、ちょくちょく庭に遊びに来るようになったという。

「どんなおやつだった？」

真芽が尋ねると、あずきは少し考え、「パンのか、、、、りんとう」と答えた。

「ああ、なつかしい。細長く切ったパンの耳を揚げて、お砂糖まぶしてあるやつ」

「そう、それな！」

「おいしいんだよね。カリカリでさ」

真芽は思い出し笑いをした。

あずきもにこにこしながらうなずく。

「でも、どうして私のことを知ってるの？」

「え？」

「だって、初めて会ったのに、まめ子って言ったよね？」

「それは、ハルばあが、よくまちがえてたからだよ。最初に会ったときもそうだけど、あたしのことを『まめ子』って呼ぶからさ。まあ、あずきも豆の一種だからね。あたしとしては、別に気にしてないけど」

「そうだったんだ……」

「でも驚いた」

「どうして？」

「ひさしぶりに来たら、庭がすごくきれいになってるし、ほんとにまめ子がいるんだもん。お菓子づくりも上手だし」

「あずきちゃんが前に来たのはいつ？」

「春休みに何度か来たけど、ハルばあいなかったから」

「そうなんだ。私もあずきちゃんに会えてよかった」

なにより真芽がうれしかったのは、ハルが言っていたことが、本当だったことだ。それを証明してくれたあずきを、真芽は愛《いと》おしく思った。

ここで暮らすハルは、きっと孤独だったにちがいない。昔、学校から帰ると庭の縁側でおやつを食べていた真芽の面影を、あずきに見ていたのかもしれない。あずきは、当時真芽がそうだったようにおかっぱ頭をしている。もっとも自分は、こんなにこましゃくれてはいなかったけれど。

真芽がハルの身に起こった話をすると、あずきは唇を結び、黙って聞いていた。冬に大腿骨《だいたいこつ》を骨折してしまったこと。転院してリハビリに励んだこと。今は老健という施設で暮らしていること。あずきはしっかり受けとめたように、最後に小さくうなずいた。

「でも、治ったら、ここに帰って来るんだろ？」

あずきが真芽の顔をのぞきこむ。

「そうだよね、帰って来られるといいね」

真芽はそう答えるにとどめた。

「またこの庭に遊びに来てもいいか？」

帰り際にあずきが言ったので、「いいよ、いつでもおいで」と真芽は笑顔で答えた。

立秋 ひぐらし鳴く

その夜、またしても天井裏で物音がした。

時計を見ると午後十時過ぎ。就寝前だったこともあり、真芽は照明の下でその位置を確認し、注意深く様子をうかがった。たしかに、なにかが天井裏にいる。

ふと頭に浮かんだのは、夕方庭に来た少女、あずきだ。そういえば、この地佐倉には、〝あやかし〟と呼ばれる妖怪《ようかい》がいた、という話をパート仲間がしていた。

あの子が、まさか——。

真芽は気持ちを落ち着け、思考を拡《ひろ》げていく。

もしかしたら、ハルがここで暮らしているときも、こんな事態が起きていたのかもしれない。家のなかに何者かが潜んでいるような気配を感じれば、だれでも不安になる。ひとりで暮らすハルには、相談する相手はいなかったはずだ。不安に駆られ、疑心暗鬼に陥《おちい》ったとしても不思議ではない。だからこそハルは、玄関の柱にあんな貼《は》り紙をした、とは考えられないだろうか。

その行為だけに疑いの目を向け危ぶみ、あるいは一括《ひとくく》りに認知症のせいだと決めつけていいものだろうか。人の心は孤独によって猜疑心《さいぎしん》を増す。だれも信じられなくなる。時には最善とは思われぬ行動に走る。そのことは自分自身、体験したはずだ。

付き合っていると思いこんでいた人が、鎌倉で自分の親友と仲睦《なかむつ》まじく歩いているのを見たときがそうだった。だれも信じられなくなった。自分はだまされていた、消えてしまいたい。そう思い、職場からも逃げ出した。

ただ、彼らがそういう仲になるに至った、経緯があったはずだ。起きた物事には、なにかしらの理由があるはずなのだ。たとえば、庭に生えていた正体不明の灌木《かんぼく》が、鳥の落とした〝お土産〟のせいだったように。

今ならそう考えることができる。理由から目をそらしたままでは、それこそ他者への不信や怒りや自己嫌悪《けんお》だけが、澱《おり》のように心に積もってしまう。

逃げずに向き合うことも、ときには必要になる。真芽は懐中電灯を握りしめ、自分を奮い立たせた。ハルのためにも天井裏の物音の正体をつきとめようと。

そろりそろりと仏間へ移動し、押し入れの襖《ふすま》を静かに横に滑らせる。布団《ふとん》が折り重なった上段に向け、懐中電灯を照らす。天井に「開」というマークがついている。踏み台を運び、押し入れの上段に足をかけ、畳まれた布団の上に乗っかる。右手をのばして押すと、「開」と書かれたベニヤ板が上に浮く。どうやらここが天井裏の点検口らしい。

ベニヤ板をわずかに浮かせて慎重に横へずらすと、埃《ほこり》が小さく舞う。それをやり過ごし、開いた暗い隙間《すきま》から、頭を天井裏へゆっくり忍ばせていく。息を止め、目の高さまで上昇するが、真っ暗でなにも見えない。

と、そのとき、なにかが光った。

真芽が使っている子供部屋の隅のほう、音がしていた場所だ。よく見れば光はふたつ。同じ間隔のまま動かない。それは対になっている。つまり、なにかの両眼が光っているのだ。

ぞわっと全身に鳥肌が立ち、からだが強《こわ》ばる。逃げ出したい。が、動けない。

と同時に、もしやと気づき、スイッチを入れた懐中電灯を振り上げ、天井裏に光を放つ。

するとと光のなかをなにかが横切った。

――茶色かった。

「モンブランなの？」

思わず声をかける。

懐中電灯の光の輪のなかで、まぶしそうな顔をしたそいつが、「にゃー」と弱く鳴いた。

汗がひと筋、真芽のうなじをゆっくり伝った。


翌日、庭で顔を合わせたお隣のジローさんに昨夜《ゆうべ》の一件を話した。

「その茶トラの猫なら、よく見かけるな。どこかに天井裏への入り口でもあるんだろ」

今日は麦わら帽子をかぶったジローさんは、赤く熟したミニトマトを右手でもいでは、左手に抱えたザルに転がす。「まあ、猫なら心配いらん。前にうちの屋根裏で子猫が生まれたが、しばらくしてみんな引っ越してった。へたにかまうより、自然に任せたほうがいい場合もある。捕まえたところで、保健所へ連れて行けば、あの世行きにもなりかねん」

「なるほど、猫もずっとそこにいるわけじゃないですもんね」

真芽は小さくうなずいた。

「――ほれ」

ジローさんは抱えていたザルを、生け垣越しに差し出した。

「こんなにいただいていいんですか？」

ミニトマトのほかに、採れたてのキュウリやナス、ピーマンも載っている。

「ひとりじゃ、食べ切れん」

ジローさんはいつものせりふを口にした。

「助かります。ありがとうございます」

「なんのなんの」と言うようにジローさんは右手を振る。「こないだもらったマドレーヌ、だったかな？」

「ラズベリーのマフィンですね？」

「あー、あれはマフィンというのか。初めて食べたがうまかった」

ジローさんの口元が思い出したようにゆるんだ。「そういえば、あんたは、ハルさんのお孫さんだよな」

「村上真芽です。もしかして、私のこと覚えてますか？」

「そうか、まめ子ちゃんか。私は以前、今は空き家にしてる、あんたの家の裏に住んでたんだよ。かみさんと二人でね」

「小川ジローさんですよね」

名前を口にしたが、真芽は覚えていなかった。

「そう。まあ、でもあの頃あんたも小さかったし、私は家で過ごすことも少なかったからなあ。かみさんは病気がちでな」

「そうでしたか……」

真芽は、以前ナスビーが言っていたことを思い出した。小川さんはこのあたりの地主で、変わり者らしいと。

「奥さんは？」

「先にあの世へ逝《い》っちまった。うちは子供ができなかったもんでね。孫もいない」

ジローさんは日除《ひよ》けのツバで顔を隠すようにして、庭木に絡《から》みつくようにして咲く、夏らしいオレンジ色の花を見上げた。

「ノウゼンカズラが咲きましたね」

真芽の声に、老人の首が小さく反応した。

「ああ、もうすぐお盆だな」

ジローさんはそうつぶやき、家にもどっていこうとした。

その背中に、真芽は声をかけた。

「ジローさん、あの大きなドラム缶なんですけど?」

「ん?」

なれなれしく名前で呼んだせいか、驚いた顔で振り向いた。あるいは触れてはいけない話題なのか——。

「あのドラム缶です。なかになにが入ってるのかな、と思って……」

真芽が尋ねると、ジローさんは、おいでおいでと右手を振る。

「え、でも?」

「線路《せんろ》際《ぎわ》のところに、生け垣の隙間がある。そこから入ってくればええ」

真芽はその場所を見つけ、あっさりとくぐり抜けた。

初めて隣家の庭に足を踏み入れた真芽は、ジローさんの土の着いた長靴のあとに続き、深緑色のドラム缶に近づいた。

「のぞいてごらん」

「いいんですか?」

真芽が声に緊張をにじませると、「腰を抜かすなよ」とジローさんが声を低くした。

ドラム缶に近づき、真芽は恐る恐るなかをのぞきこんだ。

「——あれ?」

「なんだかわかるか？」

「これって、ただの水ですか」

「そう、雨水を溜《た》める貯水タンク。畑に水をやるためのね。こっちの屋根の雨樋《あまどい》から、注ぎこむ仕掛けにしてあるんだわ」

「なんだ、そうだったのか……」

真芽は息を吐き、肩の力を抜いた。

「死体が入ってる、とでも思ったかい？」

ジローさんが声に笑いを含ませる。

「いえいえ、そんな……」

真芽は顔を伏せ、両手をわらわらと振る。顔が熱くなった。「でも、これって便利ですね。うちは外の水道が使えなくて不便でしょうがないんです」

「だったら真似《まね》しなさい。水道代だってばかにならん。ほら、いつも来る背の高い彼氏に手伝ってもらえばいい」

ジローさんはそう言って、はっはっはっと笑った。

「――そうかい、あの子が来たかい」

老健の談話室で向かい合ったハルは、しわだらけの口元をゆるめた。

「ごめんね、ハルばあ」

「――え？」

「私、庭に子供が来るってことを、よく理解してなかった」

真芽はテーブルの上にあるハルの右手に、自分の右手を重ねた。「それに、いろんなことを誤解してたかも」

「庭の様子はどうだい？」

ハルが穏やかに問いかけてくる。

「バラの花は、一季咲きの品種は終わったけど、夏の花が咲いてるよ。ヒマワリでしょ、アサガオ、タチアオイ、ユリ、ムクゲ、グラジオラス……」

「あなたもけっこう花の名前知ってるんだね」

「ハルばあ、私は真芽、まめ子だよ」

「そうね、まめ子だわよね。大きくなったもんだ」

ハルはうなずき、言い直した。

「花の名前は、子供の頃、ハルばあに教えてもらったでしょ。だからずいぶん思い出した。言葉って使わないと忘れちゃうんだよ。それに、新しく覚えようともしてる」

「そうかい。私のほうは最近どうも頭がぼやぼやしてね。孫の名前もわからなくなるし、今日が何日で何曜日かも自信がなくなる。こっちは、いろんなことを忘れていくよ」

そんなハルの言葉は哀《かな》しい。

でも、しっかりと正直に自分自身を見つめている気がした。できることなら、それらの不安をひとつでも取り除いてあげたかった。

「それからね」

真芽は庭の話にもどした。「赤紫色のね、タチアオイに似ている花も少し前から咲いてる。すごくきれいなの」

「へー、どんな花だろうね」

「――私ね、じつは今、ハルばあの家に住んでいるの」

「ふーん」

「いいかな？」

「いいもなにも、あそこはまめ子の家じゃないか。庭の世話をしてくれてるんだろ」

「そうなんだけどね」

「ありがたく思ってるよ」

「ねえ、ハルばあはさ」

真芽はハルの右手をそっと握った。「あの家に帰りたいんだよね？」

ハルは目を伏せ、少し考えたあと、「迷惑はかけたくないからね」と答え、真芽の手を弱く握り返した。

真芽はそれ以上なにも言えず、すまなそうな表情の祖母を見つめた。

気づかれぬように指の腹で涙をぬぐったあと、スマホを取り出し、最近撮影した庭の画像を映し出した。ハルは目を細め、じっと見ている。さっき真芽が口にした、赤紫色のタチアオイに似ている花に目を止め、「あら、ゼニアオイだわ」とつぶやいた。

「ゼニアオイ？　この花の名前がわかるんだね。さすがハルばあ」

真芽が大げさに驚くと、ハルは笑顔になった。

この日のハルは、とても調子がよさそうだった。会話の最中、真芽との呼吸が合っているように思えた。めずらしく、「甘いものでも食べたいわね」とリクエストまでした。

ハルの症状には、波があるのだろうか。もしかすると、心や体調、あるいは人の接し方によって、変わってくるのかもしれない。

「じゃあ、今度私がなにかつくってくるね」

真芽が答えると、ハルは「うんうん」とうなずいてみせた。

水曜日、図書館の近くにあるベーカリーから帰ると、庭にあずきの姿があった。縁側の前でしゃがんでいる。

「また来てくれたのね」

声をかけた真芽に、あずきは振り向き、「おう、まめ子か」と応《こた》えた。

くりくりとした目がいたずらっぽく笑っている。やはりこの子が〝あやかし〟であるはずがない。

「なに見てるの？」

「ほらこいつ」

あずきは手にした棒の先になにかを引っかけている。それは干からびたミミズだった。

「ほら、SOSの『S』の字になってる」

あずきは楽しそうに笑う。

真芽はこの庭で土いじりをするようになり、いろいろな生き物に出くわした。青い尻尾《しっぽ》のトカゲ、いろんな種類のアリ、鎧《よろい》を着たようなダンゴムシ、植物の茎に吸いつくアブラムシ、それをむしゃむしゃ食べるテントウムシ、バラのつぼみを囓《かじ》るバラゾウムシ、バラの枝に卵を産みつけるチュウレンジハバチ、土のなかに潜むカナブンの幼虫などなど。昆虫は苦手だったが、見慣れてもきた。

しかしミミズだけは、どうもだめだ。真芽は後退《あとずさ》りする。

「やあ、お帰り」

庭の奥から、キャップのツバに手をかけた遠藤君が顔を見せた。

「あら、いたんだ」と真芽が答えた。

「まめ子もなかなかやるなぁ」

「え？」

「あの大きい人、彼氏なんだろ？」

あずきがさもうれしそうな顔になる。

「友だちです。庭の手入れを手伝ってくれてるの」

「ふーん」

あずきは訝《いぶか》しげに鼻を鳴らした。

「そろそろ三時だね、お茶の準備しますから」

真芽は遠藤君に声をかける。

するとあずきが、手にした棒をミミズもろとも投げ捨て、縁側のテーブルの準備をはじめた。スキップで自分の椅子《いす》を取りに走る。

台所に立った真芽はフライ鍋《なべ》に揚げ油を注ぎ、ガスレンジの火をつけた。頭のなかにひらめいたレシピをもとに、手早くおやつをつくり、麦茶と一緒に縁側に運んだ。

あずきはすでに自分の椅子にちょこんと座っている。

「おっ、これって！」

あずきが声を上げたとき、遠藤君もテーブルにやってきた。

「わかるかな？」

「パンのかりんとうだろ。色がちがうけど、二種類つくったのか？」

「そうだよ。パン屋さんでパンの耳をもらってきたの」

「ああ、懐《なつ》かしいやつね」

キャップを脱いだ遠藤君が口元をゆるめ、「どうも」と言って真芽から冷えたおしぼりを受け取った。気持ちよさそうに顔の汗を拭《ぬぐ》う。

「うわっ、サックサックだね」

さっそく一本つまんだあずきが、目をまるくする。

どうやら今日もおなかをすかせていたようだ。遠藤君もまた手をのばす。「なるほど、砂糖をまぶした普通バージョンと、へえ、こっちはカレー味か……」

真芽は遠藤君に、あずきを紹介した。先日庭で知り合ったハルの友人なのだと。そのときだけあずきは少し緊張した様子で、ぺこりと頭を下げた。二人でしばらく庭にいたはずなのに、挨拶《あいさつ》もしていなかったようだ。

あずきは、おやつをつまみながら、案外おとなしく二人の会話を聞いている。

真芽は、先日ジローさんの庭で見せてもらった貯水タンクについて話してみた。立水栓が使えないことは、遠藤君も承知している。台所の窓からホースをのばすやり方は、なんとか卒業したい。

「それはいいアイデアだと思うよ。うちの店でも貯水槽を売ってるけど、かなり割高だから、別のものを使って試してみよう」

遠藤君は快く引き受けてくれた。「それと、この庭には井戸があるんだね」

──そういえば、温室の裏側にある蓋《ふた》をされた井戸は、真芽が小さい頃には、まだ使っていたような気もした。

「ちょっと見せてもらったんだけど、水を汲《く》み上げるモーターが壊れてるみたい。けど、水は涸《か》れてないようだし、一度水質検査を受けてみるのもいいかも。少なくとも、植物の水遣《みずや》りにならなら使えるだろうから」

「そうか、たしかにね」

「なあ、ハルばあは元気なのか？」

あずきが口を挟んだ。

真芽は、先日ハルに会った際のやりとりを話してみせた。受け答えがしっかりしていて、かなり調子がよさそうだったこと。スマホの庭の画像を見せたところ、花の名前を口にしたことにも触れた。

「ゼニアオイだってハルばあは言ってたけど、合ってるかな？」

「この花だよね」

遠藤君は席を立つと、団扇《うちわ》のような葉をした植物を指さした。「うん、その通りだよ。江戸時代に渡来した、帰化植物だね。ヨーロッパが原産で、向こうではマロウと呼ばれているはず。園芸店なんかじゃ最近見かけないけど、魅惑的な花色だよね。でもたぶん、ハルさんは、ハーブとして植えたのかもしれない」

「これって、ハーブなの？」

「そう。せっかくだから、今日収穫しておこう」

「どこが食べられるんだ？」とあずき。

「収穫するのは、青紫色の花なんだ。乾燥させると、ハーブティーで楽しめるそうだよ」

「へえー、おもしろそう」

思わず真芽も立ち上がった。

「じゃあ、あたしがやる」

あずきがすかさず手を挙げた。

気がつくと、パンのかりんとうは残り少なくなっている。砂糖をまぶした定番のほうが、やはり人気のようだ。

「それと、この家の路地のことなんだけど、ときどきゴミが落ちてるよね」

遠藤君がパンかりんとうのカレー味をつまんだ。

「うん、それは気になってた。とくに入り口のところ。気づいたときには、拾うようにしてるんだけど」

「花を植えたプランターを置いてみたらどうかな、と思って」と遠藤君が言った。

「どうして？」

「花が咲いている場所に、人はゴミを捨てにくいと思うんだ」

「──なるほど」

真芽はその光景を頭に描いてみた。

話が弾むなか、真芽は台所からもう一品、口直しにもなる、からだを冷やすおやつを運んできた。プレーンヨーグルトに牛乳を混ぜて冷凍庫で固めた氷菓だ。それに手づくりのジャムをかける。

「さて、これはなんのジャムでしょう？」

「なんか黒っぽいな」

あずきが目を閉じ、スプーンの先を舐《な》め味見をする。「酸《す》っぱいなあ、でも甘くて濃い味がする」

「おいしいね」と遠藤君がうなずく。

「たくさん採れたんだ」

真芽は台所からザルを持ってきて、その黒く熟した実を見せた。

「おう、こいつは、そのまま食べたことがあるけど、種が多くて、その種がまた硬いんだよな」

「ブラックベリーだね」

遠藤君が答えた。「ハーブのミントと同じように繁殖力が旺盛《おうせい》なんだ。だから増やしすぎないように注意が必要だけど、たくさん実が採れるから、うまく利用できるといいね」

「ラズベリーもそうだけど、ブラックベリーはなかなか売ってないしね」

「さっき話した、ゼニアオイにしたってそうだと思うよ。花を乾燥させたものを買ったらとても高くつく」

「なるほどそうか、これはブラックベリーの種をちゃんと取ってジャムにしたのか。まめ子も考えたなあ」

あずきの言い方に、真芽は遠藤君と顔を見合わせる。

縁側のテーブルから眺める庭の風景は、ずいぶんと変わった。そして庭には、人がやって来るようになった。そのことが真芽はとてもうれしかった。ハルにしてもきっと、世話した庭をだれかに見てほしかったはずなのだ。

ハルの庭の縁側に、笑い声が響いた。

午前中から気温が上がった。遠藤君に教えてもらった二十四節気でいえばそろそろ立秋。でも、秋の気配はあまり感じられない。緑色のイガに覆《おお》われた実をたくさんつけた栗の木で、朝から蟬《せみ》が喧《かまびす》しく鳴いている。

昨日の夕方、ナスビーがやって来た。事前に連絡をもらったので、食べたがっていたマフィンを用意した。今回はラズベリーが終わってしまったので、庭で収穫したブルーベリーを使ったところ、いたく喜んでくれた。

午後三時過ぎ、園芸用の日よけ帽子をかぶって庭へ出る。遠藤君が雨樋を一部外し、その先に、本来はゴミ箱に使う四十五リッターのポリバケツを貯水槽代わりに設置してくれたおかげで、先日の夕立の雨水がたっぷりたまっている。その水をジョウロに汲み、遠藤君の提案で路地に置いたプランターの様子を見に行こうとした。

すると、路地に人が座りこんでいる。

「どうしました？」

声をかけると、老人だった。

男性は赤い顔で「いいえ、ちょっと暑さにやられてしまって」と答えた。七十過ぎくらいで、かぶった帽子には汗が浮き、リュックサックを背負っている。

「立てますか？」

「ええ、少し疲れただけです」

老人は弱々しく笑った。

真芽は少々迷ったが、老人を庭に通し、縁側の日陰で休むように勧めた。急ぎ大きめのタンブラーに氷水と冷やしタオルを用意した。

「ご親切にありがとう」

リュックサックを背中から下ろした老人が、ふーっと息をついた。

そこへ、スキップをしながらあずきが現れた。

「おや、お客さんか？」

「ちょっといいかしら」

真芽は事情を小声で話し、あずきに団扇を手渡した。あずきはその団扇を使って、老人に風を送ってやった。

「ありがとう、お嬢ちゃん。おかげで楽になった」

老人は笑顔を見せた。

世話をしてくれたあずきには、ブラックベリーでつくったフレッシュジュースと、昨日の残りのブルーベリーのマフィンを用意した。

「なかなか、いいお庭ですなあ」

二十分ほど休み、顔色がよくなった老人がつぶやいた。

「まあね」とあずき。

「お嬢ちゃん、おいしそうに食べるね」

「だって、おいしいんだもん」

あずきは答え、「嘘《うそ》だと思うなら食べてみなよ」とマフィンを勧めた。

「いやいや」

老人は遠慮したが、「どうぞ、もしよろしければ」という真芽の声を聞き、「それじゃあ、お言葉に甘えて」と手をのばした。

「熱いお茶も入れましょうか？」

「それはありがたい」

老人の目が穏やかに細くなる。

「どうだ？」という視線をあずきが送る。

「いや、これはおいしいもんだ」

「だろ。まめ子はね、お菓子づくりが二番目に上手なんだ」

「はて、一番は？」

「ハルばあ。まめ子のおばあちゃん」

「――ほう」

静かにうなずいてみせた老人は、加治木《かじき》と名乗った。歴史好きらしく、史跡《しせき》を巡り、この暑さのなか、徒歩で成田山へ向かう途中だとのこと。

「今朝早く、船橋《ふなばし》を出発しましてね、ようやくここまで来ました。なあに、昔の人は、みな歩いたもんです。しかしこう暑くちゃねえ」

おやつを食べ終えたあずきは、ゼニアオイの花を摘んでいる。以前採った花は風通しのよい日陰で乾燥させてある。あずきは、思いのほか働き者だ。だれかに認められたい欲求が強いのかもしれない。

「しかしなんですな、偶然とはいえ、由緒《ゆいしょ》あるところに立ち寄れました。これもなにかの縁。ご存じですかな、この地には昔、有名な茶屋があったそうですよ」

「この近くにですか？」

「ええ、成田街道沿いにね」

加治木老人は元気をとりもどした様子で饒舌《じょうぜつ》になった。「ちょうどこのあたりですよ。江戸時代には街道を通って、年間十万人もの人が成田山新勝寺に参拝に出かけたそうです。交通手段も限られ、道路や橋の整備もままならなかった時代としては、とてつもない数字です。川崎大師《だいし》や鎌倉、大宮や川越なども、江戸から近い行楽地だったでしょうが、こちらの人気も負けちゃいなかった。当時記された『成田参詣記《さんけいき》』『名所図会《ずえ》』のひとつ、今でいう旅行ガイドブックのようなものでしょうか、『成田参詣記』によると、この近くに〝加賀清水《かがしみず》〟というたいそう美味な湧《わ》き水があり、佐倉藩主大久保加賀守《おおくぼかがのかみ》が江戸参勤の折には、必ずその湧き水を飲みにお寄りになったとか。その後、湧き水を使った茶屋が街道沿いにできて繁盛《はんじょう》したそうです。その茶屋の店先に立っていた石《いし》灯籠《どうろう》が、今も残ってるんですよ」

「へえー、それは初耳です」

「いやあー、このお茶もおいしい」

「そんな歴史のある道だったんですね」

「そりゃあ、そうですよ。なんといっても佐倉は、江戸の東を守る要地ですから。佐倉城を中心とした城下町でしたからね」

昔、城があったことは知っていた。でも、「城下町」という呼び方は、とても新鮮に響いた。

「さきほど成田街道と言いましたがね、もともとは、佐倉街道と呼ばれていたそうですよ。この道は、成田不動尊だけでなく、鹿島神社や香取神社に参詣する人も利用していたようですから」

老人は口元を右手で拭った。「いやいや、このカップケーキがまたおいしかった」

「マフィンだよ」

あずきが口を挟んだ。

「昔なら、茶屋といえば、お茶とおだんごでしょうけどね」

笑いながらリュックサックを背負った加治木老人は、出かける前に、さっきの話に出てきた茶屋の店先にあったとされる石灯籠、そして〝加賀清水〟の位置を教えてくれた。

夕方、あずきが帰ると、真芽はサンダルをつっかけて家を出た。さっきの話が気になって、居ても立ってもいられなくなったのだ。

国道を駅とは反対側へ歩くと、すぐにそれらしき場所が目にとまる。歩道の少し奥に囲いがあり、風化した石塔に守られるように、背の高い石灯籠が唐突に立っているではないか。

——こんなに、近くに。

真芽は驚きを隠せなかった。

右端の道標には、「成田山道」と大きく刻まれている。

石灯籠には、正面に「常夜燈《じょうやとう》」とあり、背後にまわると茶屋の名らしき「林屋」の文字を見つけた。

佐倉市教育委員会による説明文には、こうある。

「中央奥の常夜燈は、文政十年（一八二七）に加賀清水の水を汲み、茶を振る舞って繁盛していた林屋の前に建てられ、今も当時と同じ場所にあります」

真芽の胸にひたひたと、湧き上がってくるものを感じた。憧《あこが》れた「鎌倉」と一字ちがいの、ここ「佐倉」という郷土へ自分が舞いもどってきたのは、なにか運命のような気がしたからだ。そして、一度は干からびた夢の水路に、こんこんと湧き出る清らかな水が音を立てて巡りだす、そんな思いがした。

加賀清水は、そこから歩いて数分のところにあった。今は公園として整備されている。そういえば、幼い頃、ここへ遊びに来た記憶があった。

透き通るようなひぐらしの鳴き声が降り注ぐ池の畔《ほとり》に立ち、真芽は息を深く吸いこんだ。

子供の頃、ちょうどあずきの年くらいのときに、庭の縁側で「まめ子は将来なにになるね？」とハルが突然問いかけてきた。その際の記憶がさらに鮮明によみがえってくる。

「おいしいおやつをつくって、みんなに食べてもらうお店」をやると真芽が答えたとき、ハルは目尻《めじり》にしわを寄せ、うれしそうにうなずいた。

そして真芽が、お客が来てくれるか心配すると、「楽しみだね。今日、まめ子は、自分の夢の種をまいた。きっとその種は土に根を張り、芽を出し、大きく育っていくだろうよ」と言った。

そしてはっきりと、こう続けたのだ。

「そのための準備を、ハルばあも今からしておこうかね」と。

加賀清水から家にもどった真芽は、あらためて縁側から庭を眺め、その言葉の意味をしっかり受けとめた。

ハルの庭には、料理に活用できる、たくさんの種類の果樹やハーブが育っている。

すでに収穫したラズベリー、ブラックベリー、ブルーベリー。青い実をつけている夏ミカン、レモン、ユズなどの柑橘《かんきつ》類。ミント、ローズマリー、タイム、フェンネル、チャイブ、ゼニアオイといったハーブたち。

そうだ、庭はハルが準備してくれたキッチンガーデンなのだ。

そしてバラを中心とした、心を癒《い》やしてくれる季節の花たち。

真芽は静かに自分に問いかけてみる。

――今の私になにができるのか。

処暑　花盗人

加治木老人の史跡の話を聞いてからというもの、真芽は朝夕に、近所を散策する楽しみを覚えた。

よく足が向かうのは、今も澄んだ水が湧《わ》き出ている、加賀清水公園。木々に囲まれた池の畔《ほとり》のベンチに腰かけ、枝葉を抜けて水面に差しこむこぼれ日を眺め、物思いに耽《ふけ》る。

佐倉藩十一万石の城下町の歴史を持つ郷土には、数多くの史跡が遺《のこ》されていることを知った。坂の多い地形をたどり、ほんの少し足をのばせば、さらに時代を遡《さかのぼ》り、鎌倉時代にあったとされる城跡にさえあっけなくたどり着けた。この春、開創一千三百年を迎えた古刹《こさつ》には、樹齢約六百年と言われるスダジイや、銀杏《イチョウ》の古木がふつうに青葉を茂らせ、そこに今も生きている。境内には雨に穿《うが》たれた石仏もめずらしくない。

それでも、ほとんど人は見かけない。時はゆっくりと刻まれていく。

朝からの雨がやんだ夕方、散歩から帰ると庭に人の気配がした。

てっきりあずきが来ているのかと思い、びっくりさせるつもりで物置小屋まで忍び足で進んだ。すると、ガラスの一部にヒビの入った温室の奥、納屋《なや》の前に背中を向けた男の姿が見えた。

一瞬、遠藤君かと思ったが、そこまで背が高くない。だぶだぶしたズボンをはいて、はしごに足を掛けている。足もとは地下足袋《たび》だ。

――いったい、なにをやっているのだろう。

真芽は気づかれぬように玄関までもどり、家の裏をまわって反対側から庭に出た。途中、隣家との壁際《かべぎわ》でモンブランと顔を合わせたが、お互い無視してすれちがう。じんじんとセミが鳴く栗の木から、青い実がぶらさがっている夏ミカンの葉陰へすばやく隠れ、様子をうかがった。

頭に白いタオルを巻いた男は、納屋の上に手をのばしている。たしかその屋根には穴が空いていた。いったん地上に降りた男は、まな板くらいの大きさにカットした波形の屋根材を手にして、再びはしごを上がっていく。

納屋の修理など、むろん頼んだ覚えはない。

そのときふと、屋根からぶら下がっていた雨樋《あまどい》がもとの位置にもどっていたことを思い出した。あれを直したのも、ひょっとしてこの男の仕業ではないのか――。

――だとしたら、何者なのだ？

男が腰袋から金槌《かなづち》を取り出し、あてがった屋根材に釘《くぎ》を打ちつけはじめた。その少々ぎこちない手つきの男の横顔に、真芽は目を見張った。

釘を打つ金槌の音が響いているあいだに、真芽は身を隠した夏ミカンの緑の葉に手をのばしてから、中腰のまま、はしごの下まで移動した。

――やはり、まちがいない。

「ねえ、ちょっと」

真芽が声をかける。

「あ、はい？」

不意を衝《つ》かれた男は、「おっと」と危ぶむ声を漏らし、バランスを崩しかけた。返事をしたが、下を向こうとしない。背中には汗染《あせじ》みができている。

「ねえ、降りてきてくれる」

真芽の声の調子が強くなる。

男は渋々といった感じで、工具を入れた腰袋をゆらしながら地上に降りた。それでもこちらを見ようとしない。白いタオルを巻いた髪が耳を隠すほどのび、口のまわりには無精髭《ぶしょうひげ》が生えている。しかしその顔には、もちろん見覚えがあった。

「手を出して」と真芽が求める。

男は戸惑いつつも、素手の右手を差し出した。

真芽はその手に、あるものを載せ、握らせた。

「――ん？」

三秒後、男は「うわっ」と叫んで飛び上がった。

「なにすんだよ、姉ちゃん！」

眉毛《まゆげ》をへの字にした顔がにらんだ。

真芽はふっと笑った。

行方知れずだった弟の樹里《きさと》の手から地面にぽたりと落ちたのは、黄色い角を出したアオムシ、アゲハチョウの幼虫だ。

「おかえり」とだけ真芽は言った。

納屋の屋根と温室のガラスの補修を終えた樹里に、真芽は夕食を用意した。

樹里は子供の頃から好き嫌いが激しく食が細かったくせに、お腹《なか》がすいていたのか、ご飯をおかわりした。といっても、比較しているのは少年時代までの弟の食欲で、今は仕事柄なのか、からだはかなり筋肉質になっている。

「いつからここに出入りしてたの？」

真芽がご飯を盛った茶碗《ちゃわん》を差し出す。

「けっこう前にも来てるよ」

答えた樹里の風呂《ふろ》上がりの髪はまだ湿っている。

「ひょっとして、この家に勝手に入ったりした？」

「え？」

庭で摘んだ紫蘇《シソ》を使ったイワシの香味焼きを箸《はし》で挟んだまま、樹里の目が泳ぐ。顎《あご》の動きは止まっていない。

「鍵《かぎ》を隠してある場所、あなたも知ってたもんね？」

「まあね」

「入ったことあるのね？」

「――あるよ。何度か」

「ハルばあには、会ったの？」

「一度だけ、見られたと思う」

「そのとき、挨拶《あいさつ》しなかったの？」

椅子《いす》の上で体育座りをしている真芽はあきれた。

「だって、おれのこと、わからなかったみたいだから。走って逃げた」

嫌いだったはずの青魚を樹里はおいしそうに食べている。

「あたりまえでしょ、ハルばああんたを最後に見たのはいつよ」

「まあ、無理もないか……」

「この家の外れた雨樋を直したのは？」

「おれです」

「路地に、抜いた雑草が置きっぱなしだったよね？」

「――ああ、ついでに片づけた」

ところで樹里は今なにをやって生活しているのか、真芽が問うと、隣町である四街《よつかい》道《どう》市にある建物の解体業者に住みこみで勤めているという。主な仕事は文字通り建物の解体だが、外構や駐車場などを造る工事を今後はやっていきたいらしい。話を聞いてひと安心した。

両親の話題から、再びハルの話に転じたとき、「もしかして、ハルばあの入院してる病院へ行ったことあるの？」と真芽は尋ねた。

「一度だけね。でも寝てるみたいだったから、そのまま帰ったけど」

「せっかく行ったのに、なんで声をかけないのよ。たぶん、そのときハルばあ、気づいてたと思うよ。樹里だとは、わからなかっただろうけど」

「また驚かせたくなかったから……」

「またって？」

「あのときは、おれも焦《あせ》ったよ――」

それから樹里が口にしたのは、驚くべき事実だった。ハルが大腿骨《だいたいこつ》を骨折した際、救急車を呼んだのは自分だと言うのだ。

「じゃあ、ハルばあのあとをつけてた不審人物って、あなただったの？」

「いや、おれはあとをつけてなんかいないよ。この家に立ち寄ろうと思って、国道を歩いてただけ。そしたらハルばあを見かけて、離れて後ろを歩いてたら、家の近くでハルばあが倒れたんだよ。だから、ケータイで救急車を呼んだけど、そのあと仕事もあったんで……」

樹里はそこで言葉に詰まり、「ごめん」と謝った。

最近、真芽は実家と連絡をとっていなかった。樹里から母に何度か連絡があったことは以前聞いていたが、詳しい話はしていない。そういえば単身赴任中の父とは、もうかなりのあいだ顔を合わせていない。家族にはそれぞれ距離がある。

それはそうと、だとすれば、この家における奇妙な出来事の多くは、合点がいく。不審者に怯《おび》えるようなハルの行動。ハルが繰り返し口にしていた、ときどき庭に来る人とは、あずきを含め、実在したと考えてもよさそうだ。病室で目が覚めたら、若い男がベッドの脇《わき》に立っていたとハルが言ったのは、幻視ではなく、おそらく樹里のことだろう。

ならば、そもそもハルは、ひとりで生活ができないほどの認知症と言えるのだろうか。周囲の人間がそう思いこんでいるだけではないか、とさえ思えてくる。少なくとも、帰宅の可能性について、再検討の余地はあるのではないか。そんな希望すらわいてきた。

「おれも、なんとかしたかったんだよ」

「どういうこと？」

「ハルばあの住んでるこの家が、だんだん空き家みたいになってきてたからさ」

「それでここへ？」

「まあ、懐《なつ》かしさもあったし、おれにできることなんて、あまりないけど」

「施設に入れておくつもりだと思う」

「じゃあ、ハルばあは？」

真芽は月明かりに照らされた庭に目をやり、愛《いと》おしさで胸が苦しくなった。

「お父さんと叔母さんが決めたらしい」

「え、マジで？」

真芽は椅子に座り直した。「じつはね、この家、売りに出されてるの」

「それどころじゃないのよ」

樹里はなぜか口元をゆるめた。「なんか、強くなった気がする」

「いや、それだけじゃない」

「今だって得意じゃないよ」

「だって、子供の頃は虫とかまるっきり苦手だったじゃん」

あなたこそ、とは言わずに、「どこが？」と尋ねた。

樹里が三杯めのごはんのおかわりをした。

樹里は大きくうなずいた。「それに、姉ちゃんも変わったね」

「うん、見ちがえたよ」

「庭はどう？　昔に近づいたでしょ」

真芽はため息で気をまぎらわそうとして、顔を上げた。

――今の私になにができるのか。

ここ数日、真芽はそのことばかり考えている。

同時に、鎌倉でのカフェ開業に向けて、毎週現地を訪れていた頃を思い出した。

開業に向けて奔走する真芽だったが、一緒に店を開くはずの親友のさおり、同僚でもある克己、二人との温度差を感じはじめてもいた。出店に関わる資金計画について話し合った際、個人で用意する具体的な金額を口にしたのは真芽だけだった。二人はカフェのコンセプトには口を出してくるものの、資金繰りや、店の運営マニュアルの作成などは真芽に任せ切りだった。

そんななか、おすすめのカフェを紹介する人気ブロガーの女性と知り合い、話をする機会を得た。さおりと克己を誘ったが、実際に会ったのは真芽ひとり。開店の際には宣伝に協力してもらおうと、自分たちの計画を熱く語ってみせたのだが、鎌倉で生き残るのはそう簡単ではない、と釘を刺されてしまった。

カフェをやるなら、鎌倉しかない。そう思っていた。初めて鎌倉を訪れたのは、中学一年の校外学習でのこと。引っ越したばかりで、親しく言葉を交わす友だちもおらず、かえってじっくり鎌倉の街を見ることができ、その印象が強く残った。それ以来足を向けるたびに、鎌倉が自分にとって居心地のよい場所に思えてきた。

古都鎌倉になぜあれほど自分が惹《ひ》かれたのか、今ならなんとなくわかる。それはたぶん、一字違いの故郷、城下町佐倉の幼少時代の記憶と面影を、無意識にしろ、鎌倉の街に追い求めていたのだろう。当時は、二つの街の詳しい歴史も、お互いが醸《かも》し出す雰囲気の相似についても気づくことさえなかったけれど。

鎌倉周辺での物件探しに現地へ足を運んだ際、さおりと克己が仲睦《なかむつ》まじく歩いているのを偶然見かけてしまった。その場所が、たとえば表参道やあるいは別のデートスポットであったなら、真芽はちがう行動をとれたかもしれない。

あのときの真芽は、すぐさま鎌倉でのカフェ開業を断念してしまった。それは、カフェをやるなら鎌倉と決めていた真芽にとって、夢を絶つことに等しかった。だからこそ、もう鎌倉へは来ないと決め、その日のうちに縁切り寺である東慶寺に向かい、克己に別れを告げ、さおりとは連絡を断ったのだ。

でもその判断は、もしかしたら、カフェ開業に向けて動いているうちに思い知った、多くの現実の重圧や不安に耐えられなくなったせいかもしれない。二人の過《あやま》ちを言い訳にして逃げ出した、とは言えないだろうか。たとえひとりであろうと、鎌倉でカフェを開業する人はいるはずだから。

――今の私になにができるのか。

こんこんと清水が湧く池の畔のベンチで思索を繰り返したある日、水の濁りがすっと澄むように、真芽は答えを見いだした。

今の私には、今の私にできることしかできない。

そう、思い至ったのだ。

なにもおおきなことではなく、できることをやればいい。なんのためにとか、そんなことはこだわらなくてもいい。むずかしく考える必要はない。自分がやりたいことを、自分のやり方で、できる範囲でやればいいのだ。

たとえば、お腹がすいている人がいる。だれかとしゃべりたい人がいる。喉《のど》が渇いている人がいる。そんな人たちにわずかでも安息を与えられる、週末だけのカフェをここで開こう。せっかくのハルの庭を、もっと人が集まれる場所にしよう。それだけを心に決めた。

「――それでね」

真芽は食後の団らんのなかで、同じく幼少の頃、祖母に世話になった樹里にそのことを打ち明けた。

「考えたんだけど、この家が人手に渡るまで、ここでお店をやろうと思うの」

「え？」

樹里は一瞬固まったあと、「お店って？　もしかして子供の頃に話してた？」と言った。

「あなた知ってるの？」

「うん、なんとなくだけど縁側で聞いた覚えがある」

「最後に、という言い方はしたくないけど、私にできるのは、ハルばあのこの庭を、ひとりでも多くの人の記憶のなかに残してあげること、そんな気がするの」

「――姉ちゃん」

「それとね、この庭にハルばあをもう一度立たせてあげたいの」

真芽の願いに、樹里は静かにうなずいてみせた。


「今日からお盆だね」

真芽はハルのしわだらけの手に、自分の手を重ねた。その細い静脈の浮いた蠟細工《ろうざいく》のような手の甲は、朝露が降りたら弾《はじ》くのではないかと思えるほど、乾いてしまっている。

「――あら、そうだったかしら」

ハルは表情を曇らせた。

「でも心配いらないよ。今朝、仏壇を掃除して、お供えをしてきたから」

するとハルは、寄せた眉根の緊張を解いた。

この日、老健を訪れた真芽は、いくつかの手土産を持参した。ひとつは、記憶の助けになるであろう、カレンダー付きのデジタル置き時計。時計といっても、日付と曜日が大きく表示されるタイプだ。以前ハルが、今日が何日で何曜日なのか出てこないことを、不安そうに話していたからだ。

部屋にはカレンダーがあるものの、新聞が届くわけでもない。単調な生活のなかで、日付や曜日を忘れるのは、むしろ避けられないのに、それが自信を失わせる要因にもなっている気がした。

「それからこれ、壁に貼《は》っておいたらどうかな」

真芽が取り出したのは、昨夜つくった村上家三世代の家系図だ。夫の義一、ハルからはじまり、息子の健一、妻の典子、そして孫の真芽、弟の樹里の名前が、顔写真入りで示されている。真芽と樹里の写真は、念のため、子供の頃と今の二枚の写真を並べている。

「そうかい、樹里は髭なんかのばして、もうこんなに大人なんだね」

眺めているハルの目尻《めじり》には涙がたまっていた。

「――それでね、ハルばあ」

真芽はこの日訪れた目的を口にするのを躊躇《ためら》い、「今日はね、こないだつくってくるって約束した、甘いものは持ってこなかったの」と言った。

「あら、そうなの」

ハルは少しがっかりした声色になった。

「じつは私ね、ハルばあの家で、お店をやりたいと思ってるの」

「あそこでかい？」

「そう、簡単な食事もできるカフェなんだけど」

「カフェといったら、昔で言う喫茶店みたいなものだろ？」

「そうだね。その昔ならば、茶屋になるのかな」

「でもあんた、今の店はどうするんだい？」

ハルは心配そうに目を細めた。

「今の店？」

「お店をやってるんだろ？」

ハルはどうも誤解をしているようだ。そういえば叔母からも同じようなことを言われた。おそらくハルから聞いたのだ。たぶん、ハルの頭のなかでは、真芽の幼い頃の夢と現実がごちゃまぜになっているのだ。でもそのことを今説明したところでしかたない。だから、「心配ないよ」とだけ答えるにとどめた。

「どうかな？」

真芽は許しを請《こ》うつもりで尋ねた。

ハルは静かに初孫を見つめている。

しばらくの沈黙のあと、「どうかもなにも、まめ子の好きにすればいいさ」とハルは言い、穏やかに笑った。

「いいかな？　家のなかを少しいじることになるけど」

「どうせ私は、もう帰ることもできないしね」

ハルが目をそらし、さびしげな横顔を見せる。

そんなことない、と強く否定したかった。けれど、無責任なことを言うべきではない。真芽は口をつぐんだ。

「でもそのお店、いつまで続けられることやら」

ハルがつぶやいた。

「どうして？」

「あの家は、良枝に狙《ねら》われてるから」

「叔母さんに？」

「ああ、乗っとるつもりなのさ」

ハルが声をひそめた。

「そんなことないと思うよ」

穏やかではないその言葉に抗《あらが》おうとしたら、ハルが団子っ鼻に人差し指を立て「しっ」と息を吐き、あたりに視線を送った。

たぶん「乗っとる」とは、家を売ることを意味しているのだろう。真芽としては、ハルが家に帰ってもやっていける、というなにかしらの根拠を得たいのだが、それを見いだすことはむずかしかった。


夕方、子供の頃の記憶をたどりながら、物置小屋で見つけた、表面が煤《すす》けている素焼きの皿を使って迎え火を焚《た》いた。玄関先でその焙烙《ほうろく》に載せたおがらにマッチで火をつけるのは、小学生の高学年には真芽の役目になっていた。静かに燃える裸火は、ご先祖様の霊がもどってくる目印になるのよ、とハルが教えてくれた。

その夜、滞っていた屋内の片づけを再開したところ、ハルの献立日記と、大きな紙袋に入った不動産関係の書類が出てきた。献立日記は、レシピが走り書きされているため、真芽にとって参考になりそうだ。一方、図面などが入った不動産関係の書類のほうは、それがなんのための資料なのかさっぱりわからなかった。

午後九時過ぎ、家の電話が鳴った。

受話器を取るなり、たまには帰ってきなさいよ、とため息まじりの典子の声がした。暮らしぶりや仕事のことなどを矢継《やつ》ぎ早《ばや》に訊《き》かれたため、早々に樹里の話を持ち出したところ、案の定、典子は驚き、どんな様子だったか根掘り葉掘り尋ねられた。真芽の答えに安堵《あんど》したのか、無事であればそれでいい、という意味の言葉を典子は繰り返した。

すると今度は、単身赴任中の父の話題になった。どうやら今は子供より、健一のことが気になっている様子でもある。来月末で会社を早期退職するものの、次の仕事が未《いま》だに決まってないという。

「まったくどうするつもりなのかしら。マンションのローンだって、まだ残ってるっていうのに」

真芽はその低調な声に少々うんざりし、話題を今日会ってきたハルに変えた。話を少しもどし、樹里がこの家に出入りしていた事実を説明した真芽は、ハルの幻視について疑問を投げかけてみた。すると典子は、たしかに老健では、レビー小体型認知症の中核的特徴に挙げられる幻視と見られる様子は起きていない気もする、と口にした。

しかしすぐさま、認知症には変わりないと断言した。

「じつはね、こないだ老健から連絡があって、良枝さんが話を聞きに行ってくれたのよ。介護士さんが言うには、おばあちゃんがほかの入所者の部屋に入って、勝手に他人のものを持ち出したって」

典子の言葉に、「え、それって盗んだってこと？」と真芽は返した。

「まあ、平たく言えば、泥棒よね」

にわかには信じられない。

「なにかのまちがいじゃないの」

「目撃者もいるし、これが初めてじゃないの。持っていくものは、いつも決まっているらしい」

「それってなにを？」

典子は言いよどんでから、「花、だって」と答えた。

「――花？　花瓶に生けてある花とか？」

「そうみたい。入所者がお見舞いでもらった花や、ホールに飾ってある花とか」

真芽の喉がゴクリと鳴った。

「良枝さん、前から不思議に思ってたようなの。おばあちゃんの箪笥《たんす》の抽出《ひきだし》の奥に、なにやらゴミがたまっていて。どうやらそのゴミは、乾燥した花びらとか葉っぱだったみたいなの。かなり前からやってたみたいだって、連絡してきたの」

真芽は言葉が出なかった。

――なぜ、花を。

いや、真芽にはわかる。ハルばあが、花を欲しているからだ。自分の近くに花がないことが、不安だからにちがいない。

「介護士さんが言うには、認知症に見られる、収集癖《へき》のひとつじゃないかって。箪笥だけじゃなく、いろんなところから乾燥した花びらが出てきたって、良枝さん嘆いていた」

典子の声には叔母への同情がにじんだ。「それとね、おばあちゃん、人によって態度がかなり変わるのよね」

そのことは典子も最近になって知ったらしいのだが、とくに良枝に対する態度が冷淡で、尋常ではないというのだ。

「でも、今日のハルばあは、穏やかだったけどな」

「それこそ、あなたが孫だからよ。人によって変わるのよ」

そういえば今日、良枝を責めるような言葉をハルが口にしていた。が、そのことは黙っていた。

典子の言葉が足らず、ハルの態度がどのように尋常でないかは不明だが、見境なく花を収集する件は、新たな認知症の症状が現れた可能性が高そうだ。

本来であれば、この家でカフェをはじめることを事前に典子にも伝えるべきだが、真芽は言えなくなってしまった。


八月下旬の朝、秋の到来を感じた。

庭に出て最初に肌を撫《な》でる風の感触が変わっていたのだ。なんというか、やさしいのだ。季節の変わり目を感じとることができた。

それでも日中は気温が上がり、あいかわらず蟬《せみ》が鳴き、まだ蒸し暑い。仕事から帰り、庭で過ごす夕方、知らず知らずのうちに夕暮れが足早に迫り、日が短くなっていく。確実に夏は遠ざかっていた。

庭のサルスベリのすべすべした木肌とくすんだピンク色の花を夕日が照らす頃、縁側であずきとおやつの時間にした。隣の畑でうろうろしていたジローさんにも声をかけ、ご一緒した。

麦わら帽子をかぶったジローさんは最初、「いやいや」というふうに遠慮がちに手を振っていたものの、あずきを呼びに走らせたところ、あっさり生け垣の隙間《すきま》を通ってこちらにやって来た。先頭に立ってもどってきたあずきは、もぎたての皮つきトウモロコシを両手に抱え、得意げだ。

さっそくトウモロコシは皮がついたままラップでくるみ、電子レンジでチンした。皮をむき、湯気の立つ熱々の黄金色の実に醤油《しょうゆ》を垂らし、さらにコンロで焦《こ》がす。すると香ばしく、懐かしい味がした。

いただきもののトウモロコシに続き、真芽の手づくりプリンを食べはじめたあずきが、友だちの話をした。ユキという無口な子が、いつもお腹を空かしているらしい。なぜかといえば、朝から仕事に出る母親の帰りが遅いからだと言う。

「だってさ、夏休みは給食がないからね」

あずきが口をとがらせている。花柄のワンピースの胸には、庭で見つけた蝉の抜け殻をブローチのようにつけている。三つも。

「そうなんだ」と真芽は相づちを打った。

「今度、ここに連れてきてもいいかな」

あずきが上目遣いになる。

母子家庭であるあずき自身もそうなのかもしれないが、最近、家庭環境により居場所がなかったり、満足に食事ができなかったり、あるいはひとりぼっちで食事をとる子が増えていると聞く。詳しい話はあえて尋ねず、「あずきの友だちなら、連れておいでよ」と真芽は言った。

「友だちってわけでもないんだけどね」

あずきは照れくさいのか、スプーンをカチャカチャ鳴らし、砂糖を焦がしてつくったカラメルソースを舐《な》めた。

ジローさんは縁側に斜めに腰掛け、黙って熱いお茶をすすっている。

真芽は唐突な気もしたが、その場でカフェの話をあずきに向かって口にした。

「ここでさ、お店をやろうと思うの」

「お店？」

あずきの顔がぱっと明るくなった。「それってどんな？」

「庭を眺めながら、ちょっとひと休みできる感じかな」

「それはいいと思うけど」

あずきはトウモロコシが歯に詰まったのか、歯茎を気にしながら首をひねった。

「儲《もう》かるかな？」

「それが目的じゃないよ」

真芽は小さく笑った。「でも、そもそもお客さんが来るのかって心配はあるけど」

「あたしは来てやるよ」

「そうだね。友だちも連れてきて」

「でもいいのか、子供からお金はとれないぞ」

あずきが心配そうな目をする。

「いいのいいの、お金はある人からもらうから。その代わりつくったものがなくなったら、その日は終わり」

「なにをつくるんだ？」

「メニューはまだ考え中」

「――あれはなんだったっけな？」

ジローさんが不意に顔を上げ、口を開いた。

「あれって？」

あずきが気安く尋ねる。

「ほれ、こないだもらった、木イチゴの入ったマドレーヌみたいな……」

「マフィンか？」とあずき。

「そう、マフィンだ！　あれはじつにうまかった」

「よし、メニューに入れよう」

あずきが勝手に決める。「でもジローさんは、お金払うんだよ」

「ああいいとも、わしが最初の客になろう」

ジローさんは鷹揚《おうよう》にうなずき、庭でできる野菜や果物なら、好きなように使ってくれと申し出てくれた。

「じゃあ、あたしは、お手伝いをするよ」

あずきが蟬の抜け殻をつけた胸を張る。

まるでおままごとみたいじゃないか、と真芽は笑いかけた。

――でもそれでもいい。

この庭ではじめるのだ。

昔、縁側でハルに語った、夢を。

せめてこの家が人手に渡るまで。そして、この庭のカフェにハルを招きたい。

そうすればきっと、ハルは花を盗む必要なんてなくなるし、簞笥の抽出に花を隠したりはしなくなるだろう。

きっと——。

秋分　道端に咲く

ハルの了解を得たことで、真芽はカフェ開業に向け、本格的に動きはじめた。

といっても、準備するのは初めてではない。それに週末一日だけの営業でもある。無理をすることなく、メニューは最小限にとどめることにした。

ナスビーと遠藤君に伝えたところ、二人とも驚いていた。ナスビーは、真芽ならやれそう、と賛成してくれたものの、出店場所については不安視した。たしかに立地こそが、カフェ成功の七割を左右するとも言われている。ハルの家は駅から遠く、人通りが多いとは言えない上、国道から入った路地の先にあり、ひどくわかりにくい。

「まめ子の料理の腕はたしかだと思う。でもあれだね――」

ナスビーが言いかけたとき、目隠しに植えられた常緑樹の向こうを電車が走り、しばし三人が口をつぐんだ。

「――やかましいよね」とナスビーが声を大きくした。

そんな場所は、カフェには向かない。

しかしここでやる意味について真芽が強調したところ、ふだん無口な遠藤君が口を開いた。それは植物の話だった。

「そもそも彼らは自分で生きる場所を選べない。そこに生を享《う》けたら、そこで生きていくしかない。人間のように引っ越したり、身勝手に環境を大きくは変えられない。道端をよく見れば、アスファルトの隙間《すきま》や、コンクリートの割れ目に生えている植物がいるよね。多くはひとくくりに雑草と呼ばれるけど、その姿は人の目にたくましく映る。でも、じつは彼らにとってその場所は、マイナスばかりじゃないんだ。ほかの植物に邪魔されず、しっかり根を張り、水や養分を吸い、太陽の光を一身に浴びることができる。光合成を繰り返し、やがて花を咲かせ、種をつくる、いわば幸せな居場所とも言えるんだ。ハルさんの家は、たしかに人間にとって不都合な点も少なくないし、カフェをやるには欠点にもなるだろうけど、庭の植物にとっての日当たりは素晴らしく、風通しもいい。そういう見方だって、できるんじゃないかな」

植物ファーストの意見を述べた遠藤君は、英国ではじまった個人の庭を一般公開する「オープンガーデン」と呼ばれる活動についても教えてくれた。

「まあ言ってみれば、村上さんがやろうとしてるのは、オープンガーデンにおけるカフェだよね。他人の庭は植物園よりも身近だし、それぞれに個性や工夫があって刺激を得られる。真似《まね》だってしやすい。だから園芸家たちにとってオープンガーデンは人気がある。そんな同じ趣味の人たちが集まって、お茶を飲みながら、新たな交流が生まれる可能性があるかもしれない」

「だったら、そこをアピールすべきじゃない」

「とりあえずは、宣伝とかはいいかな」と真芽。

「よくないよ」とナスビー。「どうせやるならさ、多くの人に来てもらわなくちゃ」

と強気に転じる。

カフェ開業に必要な資格や届け出については、すでに把握していた。食品衛生責任者の資格は、そもそも真芽には栄養士の資格があるので問題なく取得できる。防火管理者の資格は、この規模なら必要ない。市の職員であるナスビーのアドバイスも受け、営業許可を得るために、事前に保健所へ相談に行くことも忘れなかった。

店舗として使う家の改装は、樹里がやらせてほしいと申し出てくれた。椅子《いす》やテーブルについてはあるものをなるべく使うことに決め、必要な修理を施した。テーブルは、縁側に二つ、リビングもカフェスペースに変え、そこにあったダイニングテーブルも使うことにした。これで十人程度は座ることができる。ホームセンターで働く遠藤君の協力も得て、見栄《みば》えはもうひとつのところもあるが、できることはすべて自分たちでやるというスタイルをとった。食器などは、足りないものだけをリサイクルショップで買い足した。

営業許可を得る際には、保健所の担当者により店舗の訪問検査を受けねばならない。懸案だった庭の立ち枯れた桜の大木は、建物の解体業者に勤める樹里が会社からチェーンソーやロープを借り、遠藤君やジローさんと共に、無事切り倒すことができた。これで安全上の問題もクリアできた。

幼い頃から見上げてきた桜の木とは別れがたくもあり、根元に近い太い幹の部分を輪切りにしてもらって、お店の看板とメニューボードをこしらえた。

店の名前は、「オープンガーデン&カフェ　そらまめ」。

あえて自分の名前を入れ、空を向いて実るというそらまめのように、上を向いて歩んでいこうという決意をこめた。看板の店名の下に、あずきが描いてくれた緑色のそらまめの絵は、下手くそだが、なかなか味がある。

オープンガーデン、つまり開放するハルの庭については、遠藤君の指揮の下、お客さんが植物を観賞しやすくなるよう、手入れをした。庭木の剪定《せんてい》に加え、それぞれの植物名を書いた名札を用意した。雑草と呼ばれるものにさえ、遠藤君は名札を立てた。たとえば、ツユクサ、イヌタデ、ミズヒキ、アカカタバミ、ヌスビトハギ。

さらに遠藤君はどこからか古レンガを調達してきて、庭にレンガ敷きの素敵な歩道を巡らせた。

それら根気のいる仕事を、彼は夜遅くまで続けてくれた。

「オープンガーデン&カフェ　そらまめ」に初めて客が訪れたのは、路地に彼岸花が妖艶《ようえん》な赤い花を咲かせた、九月二十三日、秋分の日。といっても、遠藤君やナスビー、あずきやジローさん、樹里といったごく親しい知り合いを招待した、いわばプレオープンのつもりだった。

開店は午後一時。ランチ後のティータイムからはじめることにし、軽食のメニューは三時のおやつに限定した。この日のおすすめは、イチジクのやわらかコンポート。皮ごと赤ワインで煮たものと、皮をむいて白ワインで煮こんだ二種類。煮汁にゼラチンを加え、冷やしてジュレにしたソースをかける。飲み物とセットでワンコイン、五百円。

最初の客は、宣言通りお隣のジローさん。いつもの庭用の作業着ではなく、ジャケットを羽織《はお》って、生け垣の隙間を通って来店した。

「いらっしゃいませ」

「どうぞこちらへ」

元気に迎えたのは、あずきとユキ。

二人は初めての〝バイト〟のつもりのように、よく手伝ってくれる。夏休みの終わり頃から来はじめたユキは、最初は人見知りしたが、孫のいないジローさんとも、今ではかなり親しげだ。

「お客さんが来ると、少々騒がしくなるかもしれませんが、よろしくお願いします」

あらためて挨拶《あいさつ》する真芽に、「電車の音より静かじゃろ」と答え、ジローさんは縁側の席に着いた。

続いておしゃれをしたナスビーといつものジーンズに帽子姿の遠藤君が、開店祝いの花を携えてやって来た。高価な胡蝶蘭《コチョウラン》などではなく、この庭に植えるための紫色の花をつけたアメジストセージを五株も。遠藤君が選んでくれたそうだ。気の利《き》いたプレゼントに真芽は感激した。

「せーの」

「開店おめでとう！」

声を合わせた二人にそう言われたとき、真芽は思わず感極まってしまった。

とくにこの一週間、二人の幼なじみは仕事の合間を縫って開店準備を手伝ってくれた。遠藤君は庭全般、ナスビーはメニューについて客の視点から助言をくれた。どうしてそこまでしてくれるのか、と不思議に思えたほどだ。

「ささやかですが、今日、この庭で、自分の店がようやくオープンできました。いつまで続けられるか正直わかりませんが、私にとってかけがえのない一歩です。みなさんのおかげで、幼い頃からの夢が叶《かな》いました。残念ながら今日ここにはいませんが、私の祖母、ハルばあにも深く感謝しています」

真芽は涙をこらえ、集まってくれたお客さんたちに挨拶をした。

あたたかな拍手が庭に響いた。

「ほー、そのまま食べるのとは、えらくちがう。イチジクをこんなふうにして食べるとは知らなんだ。こりゃあ、うまいもんだ」

庭のイチジクの実を提供してくれたジローさんがコンポートに舌鼓《したつづみ》を打つ。湯呑《ゆの》み茶碗《ぢゃわん》からすすったのは、鮮やかな緑色の伝統ある佐倉茶。コーヒーや紅茶が苦手なお年寄りに向けて用意した。

「この、名札に『ハナトラノオ』ってある花、きれいだね」

ナスビーがメガネの奥の目を細める。彼女は、真芽おすすめのハワイ・コナのブレンドコーヒーを飲んでいる。

ハチに似ているホウジャク（名前は遠藤君が教えてくれた）が何匹かホバリングしながら、虎《とら》の尾に似たピンク色の花穂の蜜《みつ》を吸っている。その向こうには、チョコレート色の花をつけた吾亦紅《ワレモコウ》の穂がゆれている。

「秋の七草のひとつ、萩《ハギ》の花も咲いてるね。春咲きの宿根草《しゅっこんそう》の株分けや、球根の植えつけをそろそろはじめないとね。それから、この季節は蜘蛛《くも》の巣が多くなる。そこは客商売だから、注意が必要だろうね」

遠藤君が真面目《まじめ》な顔で言う。植物と同じように、まずはグラスの水を飲んでいる。お客さんへの給仕を手伝ってくれたあずきとユキは、イチジクの実のプチプチとした種の食感を楽しみながら、おしゃべりをしている。

厨房《ちゅうぼう》の窓からお客さんたちのやわらかな笑顔が見え、真芽はほっと息をついた。

と、そこへ、ひょっこり顔を出したのは、リュックサックを背負った見覚えのある年配の男性。以前、家の前の路地に座りこんでいるのを介抱した、加治木老人ではないか。

「いやいや、こないだのお礼を言おうと立ち寄ったら、かわいらしい看板が出てたもんだからね」

「どうぞどうぞ」

　真芽は偶然に驚きつつ招き入れた。

「今日は連れも何人かいるんだけど」

　加治木老人は笑顔で、史跡巡りを楽しんでいる同年配の仲間を庭に呼んだ。

「まあ、素敵なお庭ね」

「助かるわ。ちょうど休憩したいところだったから」

　お年寄りたちは、リュックサックを肩からおろし、縁側に腰かけた。

　真芽はカフェをはじめた経緯について加治木老人に話し、江戸時代に茶屋の店先にあったとされる石灯籠《いしどうろう》や、加賀清水の存在を教えてくれたことに感謝した。

「とんでもない」

　加治木老人は顔の前で手を振り、「それこそ、運命だね」と言って笑った。

「――ところで」

　加治木老人が目尻《めじり》を下げる。「ありますかね、ほら、あれ？　カップケーキみたいなおいしいやつ」

「え？」

「マフィンですな」

あずきではなく、ジローさんが答えた。

「そうそう、そいつです！」

「もちろんありますよ、季節のマフィンが」

真芽は注文をもらうと準備をはじめた。

そのとき、電車が庭先を通り過ぎ、一瞬みんなの会話が途切れた。でもすぐに、なにもなかったように和やかに会話が続いていく。

「やかましくてすいませんね」

ナスビーが気を利かせて声をかけるが、「なんのなんの」と加治木老人が答える。

「私らは耳が遠いから、そんなには気になりません。それに同じ人間の営みと思えばね」

縁側の近くには、真芽が種をまいたマリーゴールドがいくつものオレンジ色の花をつけている。夏を越えたナスタチウムも元気をとりもどした。赤とんぼが支柱の先にとまって、複眼をくりくりと動かしている。

その後、テーブルを越えて地元の史跡の話で盛り上がった。一行は、これから佐倉城址《じょうし》公園へ向かい、国立歴史民俗博物館、通称〝歴博〟を訪れるのだとか。その輪にナスビーやジローさんが加わっていく。あずきが手を挙げ、質問をする。世代の垣根を越えた団らんが、そこにうまれた。

この日のために用意した、庭の栗《クリ》の甘露《かんろ》煮《に》をふんだんに使った特製マフィンは早々に売り切れてしまった。

「オープンガーデン&カフェ　そらまめ」の営業は、基本的には日曜日のみ。営業時間は午後一時から午後五時まで。限られた時間ではあるが、お年寄りをはじめ、近所の子供たち、園芸好き、史跡巡りを趣味とする人などが訪れた。

そんなある日、店の開店中に叔母が家を訪ねてきた。庭に現れた良枝は、歓談する客たちの姿に目をまるくしていた。真芽はすぐさま良枝を空いている席に案内し、事情を説明した。この家が売れるまで、ここでカフェを続けさせてほしいと。

するとと良枝はため息をつき、こう言ったのだ。

「なかなか家の買い手がつかないのよ」

良枝が言うには、この土地には致命的な瑕疵《かし》があるというのだ。それは線路に近く騒音がするとか、建物が老朽化しているとか、土地が変形で国道まで距離のある旗竿《はたざお》地《ち》だとかの問題ではないという。

「そもそもね、この家から国道までの道、あそこは村上家の土地ではないのよ」

「えっ？」

真芽もこれには驚いた。

「役所の不動産登記簿で調べてもらったの。道路は個人が所有している、いわゆる〝わたくしどう〟らしいの」

「私道？」

「そう。だれでも利用できる公道とはちがって、所有者か、あるいは所有者の許可を得た者だけが通行できる道ってことね。例外もあるらしいけど」

「じゃあ、あの路地は？」

「不動産屋さんの話では、このあたりの地主で、小川さんていったかな、その人が所有してるそうなの」

――ジローさんのことだ。

真芽は思わず、縁側のお気に入りの席に座っている老人を見た。

「そのことは、うちの父は？」

真芽が尋ねたところ、「なんとなくは、知ってたみたいね」と良枝は答えるにとどめた。

「でもね、交渉次第ではうまくいくかもしれないって不動産屋さんから連絡があったの」

良枝は声をひそめた。

「そうなんですか……」

真芽の声が沈んだ。

「これ、なんて名前のお菓子だったかしらね」

良枝が名前を忘れたのか、もどかしそうに言う。

「マロングラッセです」

「ああ、そうだったわね。もしかして手づくりなの？」

「はい、この庭の栗です」

「へえー、たいしたものね」

良枝はうなずき、「そういうわけだから、家のほう、きれいにしといてね」と言って、お茶を飲むと、とくにカフェについての小言を聞かせるでもなく、そそくさと引き揚げていった。

その晩、以前仏間で見つけた不動産関係の書類をもう一度出してきて、よく調べてみた。古い封筒があり、なかから記入済みの領収証が出てきた。宛名《あてな》は、祖父、村上義一へのものもあったが、年代が新しくなると、村上ハルに変わっていた。領収証の但《ただ》し書きはどれも「地代《じだい》」。年間で五万円。

領収証の下には、受取人の名前がある。

小川慈郎。

お隣のジローさんの名前だ。

ということは、良枝が言った通り、この家は私道によって国道とつながっていて、その私道の持ち主であるジローさんに毎年地代を支払っていたことになる。しかし領収証は、去年の分までしかない。今年の分は、未納になっているのかもしれない。

なぜ祖父母はこの家の建て替えを父に許さず、真芽たちが引っ越すことになったのか。その理由の核心に、自分が今近づいている気がした。

続いてハウスメーカーの名前が印字された封筒の書類を取り出した。こちらは図面だ。下の欄に「村上義一　健一様邸　平面図　プラン1」とある。一階と二階を平面で表した、いわゆる間取り図だ。図面には一階にも二階にもキッチンとバスルームがある。よって二世帯住宅であることは明らかだ。だとすればこれは、もしかしたら真芽たち家族と祖父母が一緒に住んでいたかもしれない、潰《つい》えた夢の設計図ということになる。

家の建て替えのことで父と祖父がもめたと、母からは聞いていた。家の建て替えについては、父からの提案で、当初は祖父も賛成していた。しかし練り上げた最終的なプランを伝えたところ、祖父が態度を変えた。それによって父と祖父は口論をし、家の建て替え自体が流れ、真芽たち家族は引っ越しを余儀なくされた。そして二つの家族の交流はなくなってしまった。

真芽は平面図にある二階の、二つ並んだ南向きの部屋を見つめた。そこが、真芽と樹里の部屋だったのだろう。実現すれば、自分たち家族、祖父母、一人ひとりの人生が変わっていたかもしれない。

真芽はため息をつき、もうひとつの封筒を開いた。

こちらも同じハウスメーカーによる図面だ。「村上義一　健一様邸　平面図　プラン5」とある。プランは「1」から「5」に飛んでいた。

「え?」と思わず真芽は声をもらした。

「プラン1」と「プラン5」は、まったく別な設計だったからだ。

そして図面はもう一枚あった。

真芽はその敷地全体の配置がわかる図面を見て、あらかたを理解した。この家の建て替えについては、いくつかの問題があったと考えられる。私道問題もそのひとつだ。でも最大の問題は、この配置図がはっきりと示していた。

「プラン5」は、そもそも二世帯住宅ではなく、二軒の家の間取りが示されていた。一軒は平屋で、もう一軒が二階建てになっていた。敷地全体の配置図には、平屋の家が南側に、二階建てがその奥に建っている。敷地いっぱいに二軒の家を建てる計画に変更されている。つまり祖父の畑も、ハルの庭もなくなっていた。

真芽は風呂《ふろ》に入って疲れをとり、気持ちを落ち着かせてから、実家に電話をした。電話に出た母の典子に、今日、良枝が家に来たことを話した。その話の流れから、この家でカフェをはじめたことを打ち明けた。

週末の日曜日の午後だけの営業を強調し、今も仕事は続けていると先に話したせいか、典子は怒ったりせず、そんなことがよくあなたにできたわね、と感心されたくらいだ。だいじょうぶなの、と心配はしていたものの。

さらに良枝から聞いた、この家の売却の件について経過をうかがおうとしたら、

「それどころじゃないのよ」と気落ちした声を典子が漏らした。

網戸の外の庭では、やかましいほどの音量で秋の虫が鳴いている。

「――お父さんが心配なの」と声がした。

またその話かと思ったものの、長年勤めた保険会社を早期退職した父は、現在失業中で、次の仕事が決まらないとのこと。

「でもお父さんなりに動いてはいるわけでしょ？」

「毎朝ノートパソコンを持って、家を出てはいるけどね」

「だったら、だいじょうぶだよ」

真芽が声を和らげると、「だといいんだけど」と小さな声が返ってきた。

火曜日、ケアセンター「あすなろの里」の厨房仕事を終えた真芽は、カフェをオープンした報告を兼ね、老健で生活するハルを訪ねた。

受付で名前を記入したあと、少し喉《のど》がいがらっぽかったので、念のためマスクを着用した。

入所者のお年寄りと一緒にエレベーターに乗る。背中の曲がった痩《や》せた男性は、右手をわなわなと震わせながら、なんとか二階のボタンを押した。

上昇したエレベーターが止まる。男性は手すりをつかみ、扉とは反対側を向いている。「開」ボタンを押しながら、「二階ですよ」と真芽が声をかけるとようやく気づき、なにも言わずに降りていった。それでも真芽は、以前のように動揺することはなかった。

エレベーターを降りて廊下を進み、レクリエーションルームを通り過ぎたとき、左手の部屋から突然なにかが飛んできた。廊下の床に落ちたのは、赤いバラの花束。それを追いかけるように出てきた中年の女性は、険しい表情の良枝だった。

「待ちなさいよ」と大きな声がして、真芽ははっとした。その声は、あまり聞いたことのない、ハルの怒声だった。

「だから言ってるでしょ、私がほしいのはこういうのじゃないの」

廊下に出てきたハルが良枝をにらみつける。

「お母さん、バラの花って言ったじゃない」

「これは偽物《にせもの》でしょ」

「そうだよ、造花だよ」

良枝があきれ顔をつくる。「ほんとの花を簞笥《たんす》のなかに入れて忘れられたら困るのよ」

「忘れないわよ」

「掃除するの大変なんだから。こっちの身にもなってよ」

「しまっておいただけよ」

「忘れたくせに」

良枝が顔を背け、こちらをちらっと見た。

「だれだって忘れることはあるでしょ」

興奮したハルの声が甲高くなる。「じゃあ、あなたは忘れたことがないの？」

このあいだマロングラッセの名前を忘れた良枝は、答えない。嫌気の差しているその横顔はどこかハルに似ている。すでに髪には白いものが目立ち、老いを纏《まと》いはじめている。

「いじがわるいねー、まったく」

母が言えば、「どっちがよ」と娘が言い返す。

正直見たくなかったが、真芽は二人から視線を逸《そ》らさなかった。

「忘れることがそんなにわるいこと？」

ハルの口調がさらにとがる。

良枝はあからさまにため息をつく。

「私が忘れるのは、わるいことをしたから、とでも言いたいの？」

ハルの眉《まゆ》が八の字にゆがみ、見たことのない哀《かな》しげな表情に崩れていく。「私だってね、忘れたくて忘れるわけじゃないのよ。私のことを、勝手に決めないでほしい。ふつうにしてほしいだけなの」

ハルの言葉に、真芽はマスクに隠れた唇を噛《か》んだ。

それは、ハルの心の叫びのような気がした。いや、ハルだけではない。認知症と呼ばれる多くの人の叫びなのだ。

ぽろりとこぼれた真芽の涙を、マスクの生地が吸いこんだ。

ハルとは五メートルと離れていなかったが、真芽に気づいていなかった。

「まったく……」

良枝は吐き捨てるようにつぶやき、造花の花束を乱暴に拾い上げ、真芽の横を通り過ぎエレベーターに乗りこんだ。

叔母は、叔母なりに、ハルの支えになろうとしている。そのことは痛いほどよくわかる。そうでなければパートの合間を縫って、わざわざ何度も足を運んだりしないだろう。

「あらやだわ、お騒がせしました」

ハルの顔が一変し、真芽に向かって穏やかな表情でお辞儀をした。マスクをしているせいか、どうやら真芽だと気づいていないようだ。

背中の曲がったハルが、とぼとぼと部屋へ入っていく。真芽はその姿を見送るしかなかった。

母と娘の壮絶な言い争いは、まるでコントのようにも映ったが、もちろん笑えず、自分の知らなかった現実を見せつけられた思いがした。

十月中旬、ナスビーに誘われ、五穀豊穣《ごこくほうじょう》に感謝する佐倉の秋祭りに出かけた。夜には遠藤君も合流した。

「すごーい、なにこれ」

真芽は何度も驚きの声を上げた。

小学校までをここ佐倉で過ごした真芽だったが、実際に秋祭りを見るのはこれが初めてだ。佐倉といっても、家が外れにあったせいかもしれない。

地元の盆踊りしか知らなかった真芽は、三日間にわたる祭りの規模に驚かされた。これほどの祭りが自分の故郷で、しかも江戸時代から続いていたとは――。

佐倉藩の総鎮守《ちんじゅ》である麻賀多《まかた》神社の大神輿《おおみこし》も見事だったが、町名を掲げた多くの山車《だし》が、城下町の面影を今に残す通りを練り歩いていく姿が目に焼きついた。山車には、日本武尊《やまとたけるのみこと》や八幡太郎義家《はちまんたろうよしいえ》といった伝説の英雄の山車人形が乗せられている。雅《みやび》やかなその光景は、城下町の歴史を今に伝えるのにじゅうぶんなほど華々しい。真芽はあらためて故郷を見直し、好きになった。

翌週、今度は遠藤君に誘われ、地元のバラ園へ出かけた。ナスビーにも声をかけたが、仕事の都合がつかなかった。

秋晴れの下、稲の刈りとられた田園地帯を遠藤君が運転する軽トラックで走り、林道に入ってしばらく進むと到着した。秋の気配が濃くなった草ぶえの丘バラ園は、平日の水曜日のせいか、入園者の姿も目立たず静けさに満ち、バラのやさしい香りがさっそく迎えてくれる。

「いい感じだね」

つるバラを誘引した大きなアーチをくぐると真芽が言った。「バラと言ったら春のイメージが強いけど、秋にもこんなに咲くんだね」

「つるバラやオールド・ローズをはじめとした一季咲きの品種は、基本的には春にしか咲かないけど、品種改良されたモダン・ローズの多くは四季咲きだよね。つまり秋バラといえば、四季咲きの品種のことなんだ。もっともこのバラ園は、原種やオールド・ローズが集められている。そういった品種を保存する役目を担《にな》っているからね」

「原種のバラって？」

「ほら、たとえば、庭にあるノイバラのようなやつさ」

遠藤君の声が高い位置から聞こえてくる。

「へえー、そうなんだ」

真芽はうなずきながら森に囲まれた園内を眺めた。

「同じバラの花でも、春と秋ではちがう。よく言われるのが、花の色。秋は花数が少なくなるけど、花色が深くなり、香りも豊かになる」

「――なるほど」

真芽は感心し尋ねた。「ところで遠藤君は、いつからそんなに花に興味を持ったの？」

「子供の頃からだよ。両親の仕事を見て育ったからね。いつも花が身近にあった」

「そっか、小学生の頃から、そうだったもんね」

真芽は思いだし、小さく笑った。

「じつは今日ここに来たのはさ、あの話の続きなんだ」

「あの話って？」

「ほら、ハルさんがうちの店で買った苗から、別の花が咲いたって話があったでしょ。で、その花は、今も庭にあるノイバラだとわかった。でもハルさんがほんとにほしかったのは、バラだということしかわかっていない。そのバラの正体を突き止めて、庭に植えてあげられたら、と思うんだ。死んだ親父《おやじ》もそのことを気にしていたし」

「でも、どうやって？」

「村上さんがハルさんに尋ねたとき、『せいぞうさん、おすすめのバラ』だって言ってたんだよね。でも、そんな人、存在しないんだと思うって、村上さんは僕に言ったよね」

「うん、そう。認知症によるものだと思って……」

「じつはさ、その、せいぞうさんなんだけど、この人じゃないかと思ってさ」

「え、このバラ園にいるの？」

遠藤君は舗装された園路から、右の小径《こみち》に入り、バラの木立のなかをゆっくり進んだ。このあたりのバラは花を咲かせていないが、赤くなった実がとても美しい。おそらく原種のバラなのだろう。

少し先を歩く遠藤君の声が聞こえた。

「ほら、この人だよ」

そして、松の木の根元にある、男女の顔とバラの花が彫りこまれたブロンズのレリーフを指さした。

「――この男性が？」

「そうなんだ」

遠藤君はポケットに入れていた両手を出した。「故人になるけど、日本のバラの父、〝ミスター・ローズ〟と呼ばれた、世界を代表するバラの育種家のひとり、鈴木省三《せいぞう》」

「せいぞうさん！　ほんとにいたんだ」

真芽は目を見開き、そのレリーフを見つめた。

「育種家というのは、植物の品種改良を職業とする人のことだよ。それは根気のいる仕事なんだ。交配によって新たなバラの品種を生み出すには、五年から十年もの年月がかかる。僕が思うに、ハルさんはなにかで鈴木省三さんの存在を知り、ミスター・ローズが、あるバラを薦めているのを知ったんじゃないかな。あるいはなんらかの理由で、彼のバラが気に入ったのかもしれない。それで、そのバラの苗をうちの店に買いに来たんだと思う」

「ちょっと待って――」

真芽はなにかが引っかかった。

それは記憶の断片だ。

「この人の名前、どこかで見た覚えがある」

つぶやいたそのとき、仏壇の隣にある本棚が脳裏に浮かんだ。棚には園芸関係の本が並んでいた。

「――わかった、本だよ。この人の本が、家にある。そう、バラの本だった」

「鈴木さんが書いた本だね。だとすればまちがいない。ハルさんの言った、せいぞうさんとは、ミスター・ローズのことだ」

「ねえ、ここに、せいぞうさんのバラはあるの？」

「もちろんあるさ。ほら、ここが鈴木省三先生の作出したバラのコーナーだよ」

「こんなにたくさん」

色とりどりのバラが咲く木立を縫うように、小径が続いている。真芽はゆっくり歩きながら、咲いている花をひとつひとつ注意深く見つめた。バラにはそれぞれネームプレートが株もとに立っている。「聖火」「光彩」「朝雲」「とどろき」「芳純」「さざなみ」「紫雲」「天の川」「万葉」……。どれも鈴木省三のバラだ。

そして真芽は、つるバラを絡《から》めたアーチの前で立ち止まった。

赤みを帯びた照りのある葉のなかに、淡いピンクの大きなバラが一輪だけ咲いている。

「あ、これ……」

「どうしたの?」

「家にあったバラの本、鈴木省三さんが書いた本のなかに書きこみがあったの。カラー写真の下に紹介されてるこのバラの名前に、手書きの大きな星印がついてた。そう、まちがいない、このバラ」

「そうか、親父が知りたがってた、ハルさんのほしかったバラというのは、四季咲きのつるばら、鈴木省三先生の『羽衣』だったのか……」

遠藤君の声がかすかに震えていた。

「羽衣」は、京成バラ園芸時代の鈴木省三が一九七〇年に作出したバラ。別名「Bridal Robe」。典型的な剣弁高芯《こうしん》咲き。多花性の花色は、やさしく淡いピンク色。花もちがよく、香りはやわらか。病害虫に強く、耐寒性、耐暑性に優れ、日本のほとんどの地域で育てることができる。

バラの図鑑にはそうあった。名品種であることは、まちがいない。

遠藤君は、遠藤生花店でハルが買ったつもりだった花の苗が羽衣であったことを、父の墓前で報告したそうだ。

冬至　春支度

水曜日、枯れてしまった花木をもう一度植えることにした。

春に咲くその花木の名前は、ハルから教わった。

小学生のとき、真芽がその花木の名前を口にしたところ、クラスメイトから笑われた。その際、かばってくれた少年が植えつけを手伝ってくれた。

そんな思い出をもちだそうか迷っていると、「チンチョウゲはね――」と遠藤君が言った。遠藤君もそのときのことを覚えていて、真芽が口にして笑われた名前をわざと使ってくれた気がした。

「――水はけのよい日向《ひなた》から半日陰がいいと言われてるけど、突然枯れることがあるんだ。寿命の場合もあるだろうけど、病気にかかりやすく、環境の変化には強くないみたいだね」

「うまく育ってくれるといいな」

真芽はうれしくなって、器用に植えつけをする遠藤君の移植ごての動きを見つめた。根もとに円を描くように土を盛り、水をためる水鉢をつくる。そこへ、真芽がジョウロで丁寧に水を注いだ。

「春には、いい香りの花を咲かせてくれるよ」

その言葉に、真芽ははっとした。

――果たしてこの庭は、春まで存在するのだろうか。

すでに家は売りに出されている。先日、良枝から聞いた、交渉次第ではうまくいくかもしれないという不動産屋さんの話も気になっていた。

庭の作業の片づけを終えた夕方、仕事帰りのナスビーがふらりと顔を出した。真芽は遠藤君とナスビーをテーブルに誘い、「じつはね」と切り出し、この家が売りに出されていることを話した。つまり、家の買い手が決まり次第、カフェは閉店することになる、という状況を。

三人はしばし沈黙し、草むらから聞こえるコオロギの声が大きくなる。

「聞いてはいたけど、やっぱりそうなんだ」

ナスビーが残念そうに口を開く。「開店してまだ一カ月ちょっとだけどさ、お客さん来てくれてるよね。子供たちの顔ぶれも増えたし、週末だけとはいえ、ここに来るのがあたしも楽しみなんだけどな」

遠藤君は園芸用の手袋をしたまま動かない。それはそうだろう。彼はこれまで自分の時間の多くをこの庭のために割き、一緒に世話をしてくれていたのだ。

「でもこの家、売れないかもしれないよね」とナスビーが言う。

たしかにそれはあり得る。空き家は社会問題としてニュースでも取り上げられている。使わない家はなんの利益も生まないばかりか、固定資産税をはじめ維持費がかかる。ここへ来て父と叔母は、売れないような家を将来相続などしたくないと、お互いに押しつけ合おうとする始末で、なるべく早い売却を望んでいる。

さらに、「オープンガーデン&カフェ　そらまめ」の現在の店舗設備には、いくつかの不備がある。そもそも自宅でカフェを開業する場合、住居部分と店舗部分を明確に仕切った間取りにする必要がある。また、自宅の厨房《ちゅうぼう》と店舗のキッチンは分けなければならない。「オープンガーデン&カフェ　そらまめ」は、あくまで週末カフェであり、店舗としてしか使わない条件で申請し、許可を受けた。真芽の生活の拠点を実家に移せばよいと考えていたからだ。

「じゃあ、別の場所でやるつもり？」というナスビーの問いかけには、今は考えられない、とだけ真芽は答えた。

先日、ケアセンター「あすなろの里」の施設長から声をかけられ、正社員にならないか、と打診された。パートでの採用の面接時から、真芽に厳しい目を向けてきた栄養士の吉沢による推薦があった、という話はうれしくもあった。そのことも二人には隠さず話した。

「じつはさ、ずっと迷ってるんだ」

遠藤君がようやく重い口を開いた。「今勤めてる店では正社員ではないし、今のところ園芸コーナー担当だけど、いつ別の売り場に回されるかわからないんだよね」

遠藤君が水曜日になるとこの庭にやって来るのは、なにか理由があるのだと察していた。大きなからだを持て余すようにまるめた背中は、無心で植物や土に向かっているように映るときもあれば、孤独に考えこんでいるようにも見えた。お父さんが亡《な》くなり、遠藤生花店閉店後、店舗兼自宅を売り、同時に庭も失ってしまった彼にとってこの場所は、ささやかであれ、心の拠《よ》り所だったのかもしれない。

それは同じようにナスビーにとっても、あずきにとっても。

「でもさ、このままでいいのかって、真剣に考えるようになったのは、ここへ来るようになってからかな。村上さん、いや、まめ子のおかげだよ。やればできるんじゃないかって、思えるようになった。なんたって、ここでカフェをはじめちゃうんだから」

遠藤君はそう言ってくれた。

「やっぱりあれだね、花屋さんがやりたいんだよね」

ナスビーが水を向けると、「そうだね。どんなかたちだろうと」と遠藤君は静かに答えた。

「あたしは早く、家から出たい。それこそ、どんなかたちだろうと」

ナスビーが真似《まね》をし、三人で力なく笑い合った。

ともかく、その日が来るまで、真芽は店を続けることを宣言し、それまでに、再生させたこの庭に開いたカフェに、ハルを招待したい、そう思っていることを二人に伝えた。

夕方、散歩に出かけた真芽は、加賀清水公園へ足を向けた。

いつも休憩する池の畔《ほとり》のベンチに、ノートパソコンを抱えたスーツ姿の中年の男が座っていた。失業中の父だった。

「どうしたの、こんなところで？」

真芽が声をかけると、ぼんやりしていた健一がはっとした。

「ああ、真芽か……」

「父さんも散歩？　それにしちゃあ遠くまで来たもんだね」

真芽は笑いかけた。

「今日、おばあちゃんのところへ行ってきた」

「元気にしてた？」

「まあ、あまり変わりはないよ」

「その帰りにこっちに寄ったの？」

「まあね」と健一は答えたが、なぜ実家に寄らず、近くの公園にいたのかは、よくわからない。ただ、ひさしぶりに会った父は、雨上がりのコンクリートの上に誤って這《は》い出てしまったミミズのように元気がなかった。

真芽が誘うと、健一はベンチから重たそうに腰を上げ、二度とこの家の敷居をまたがないと誓った、今は真芽が住みこんでいる家の庭をあっさり訪れた。

もちろん店は営業中ではなかったが、庭のテーブルにコーヒーとマフィンを用意した。

「母さんから聞いてはいたけど、すごい変わり様だね。それに、ほんとに店をやってるんだな、ここで」

健一はまじまじと周囲をうかがった。

「なんとかね」

真芽は余計なことは尋ねずに、一緒に庭を眺めた。

「――たいしたもんだ」

「そうかな？」

「単純に言って、父さんには真似ができない」

「それはありがとう」

「こっちは、なかなか仕事が決まらなくてな」

健一のほうからそう告げた。「とりあえず朝スーツを着て家を出て、夕方まで時間を潰《つぶ》して帰る。その繰り返しだ。インターネットカフェの会員にもなったけど、公園のほうが気が休まる。もちろん、仕事を探してはいるがね」

「そうなんだ」

「マンションのローンも残ってるし、なんとかしなくちゃとは思ってる」

「――この家、売るんでしょ」

真芽は話題を変えた。

「まあ、そうせざるを得ない状況だよな」

真芽は今しかないと思い、かけ合った。この家を引き渡す前に、この庭を、自分の店を、ハルに見せてあげたいのだと。

「——お願いします」

健一はしばらく黙りこみ、コーヒーをすすった。

線路のほうから、風が吹いてくる。ゆれる朝顔の枯れた蔓《つる》には、種ができていた。その風は、次の季節の到来を予感させるように、肌を冷たく撫《な》でた。

「たしかに、もう最後になるかもしれないしな」

父は思い出したように、静かにそう答えた。


不動産仲介業者による買い手との交渉が続くなか、村上ハルが約十カ月ぶりに帰宅する運びとなった。良枝の承諾をとりつけ、あまり寒くならないうちにということで、十一月下旬で日取りを調整し、老健にハルの外出届を出した。

穏やかに晴れたその日、「オープンガーデン&カフェ そらまめ」は、ハルのために店を開いた。

午後二時過ぎ、父の運転する車に乗ったハルが到着した。

仕事を休んだ樹里がウエイター役となり、厨房から出てきた真芽と一緒に庭先で迎えた。風貌《ふうぼう》の変わった樹里と再会した両親は、ハル以上に緊張している様子だ。

芥子《からし》色《いろ》のショールを肩にかけたハルは杖《つえ》をつき、縁側のテーブルにたどり着くと、そこでひと息つき、南向きの庭を見渡した。

「ここがどこだかわかるかい？」

息子が耳元で声を大きくして問うと、ハルは静かにうなずいた。

「桜がなくなっちゃったのねえ」

息子の嫁の言葉には、ハルは反応しなかった。

わかっているのかもしれないし、わかっていないのかもしれない。

でも、そういうことは、もはやどうでもよかった。認知症であるとかないとか、線引きすることにたいした意味などない気がした。

ハルがここへもどることができた。そのことが、真芽はただうれしかった。

姿を見せないシジュウカラの軽やかな鳴き声がどこからか聞こえてくる。やわらかな日差しが縁側に降り注ぎ、籐《とう》かごにセットしたカトラリーをきらめかせ、秋の終わりの涼やかな風がテーブルの白いナプキンを踊らせている。

健一と典子は余計なことを言うのをやめ、黙ることにしたようだ。ハルが悠然としているのとは対照的に、二人とも落ち着きなく視線を泳がせている。

「ようこそ、『オープンガーデン&カフェ そらまめ』へ」

Vネックの黒のエプロン姿で真芽があらためて声をかける。

テーブルに着いた家族のなか、少し遅れてハルの視線がこちらに向いた。

「今日はご招待ありがとう」

健一が腰を浮かせ、ますます薄くなった頭を下げた。

今にも泣きそうな顔の典子の隣で、樹里が照れくさそうに笑う。

ひさしぶりの外出を心配されたハルだったが、じつに穏やかな表情を見せている。

祖父はもうこの世にいなかったが、引っ越し後初めて、この家に二世帯で暮らした家族が集った瞬間だった。

「これはまめ子が焼いたのかい？」

お茶の準備をはじめると、ハルが尋ねた。

テーブルの真ん中に置いた、フランスの伝統的な焼き菓子を見つめている。レモン色のケーキの表面には、たっぷりと白い糖衣を纏《まと》っている。

「こちらが本日のスイーツ、『ウイークエンドシトロン』になります。ハルばあが昔つくってくれた紅玉の焼きリンゴにしようかとも思ったけど、私は私なりのスイーツを用意してみました。材料には、庭のレモンを使っています。『ウイークエンドシトロン』という名前は、週末に大切な人と食べるレモンのケーキ、という意味らしいです」

「おいしそうね。いい色に焼けてる」

ハルが、子供の頃の真芽の心配を気遣うように尋ねた。「それで、この店には、お客さんは来てくれてるのかい？」

「――うん、おかげさまで」

真芽はうなずき、こみあげてくるものをぐっとこらえ、笑顔を見せた。

「こないだの週末、おれも来たけど、たしかにお客さんいるんだよね」と樹里が言った。「まあ、年寄り、それに子供が多いかな」

「子供が？」と典子が首をかしげる。

「そう。子供にはおやつと飲み物を無料で提供してるの」

真芽はウイークエンドシトロンを切り分け、紅茶を淹《い》れた。

「そうかい、それはいいね」

ハルはフォークを手にすると、レモンの皮と絞り汁を入れて焼いたスポンジにのばした。

庭に目をやりながら、ハルの小さな頤《おとがい》がゆっくり動いている。その瞳《ひとみ》は、しわだらけのまぶたに覆《おお》われ、潤《うる》んでいるように濡《ぬ》れているが、たしかな光を宿していた。ケーキを残さずたいらげたハルは、とてもリラックスしている様子だ。

真芽は静かに見守っていた。

すると、ハルの喉《のど》がこくりと動き、「あれはなにかしら？」とつぶやいた。「ほら、赤いのがぽつぽつ見えるわよね」

「あー、あれはね」

視線を追った真芽は答えた。「ハルばあが植えた、ノイバラだよ。春にいい香りの花を咲かせて、その花がらを摘まずにそのままにしておいたから、秋に赤い実をつけたんだよ。バラって二度楽しめるんだね」

「——ノイバラ？　あら、そうだったかしらね……」

「それにね、ハルばあが植えておいてくれたラズベリーやブルーベリー、ハーブや果樹もすごく役に立ってる」

真芽の言葉にハルは反応せず、ただ庭を眺めていた。

ウイークエンドシトロンが片づくと、真芽は透明のガラス製のティーセットをテーブルに運び、とっておきのハーブティーの準備をした。用意したドライハーブをガラス瓶からティーサーバーに適量摘まみ、「よく見ててね」と声をかけ注目を集める。

「じゃあ、いくよ」

そこへ熱湯をゆっくり注いでいく。

ティーサーバーのなかのお湯がみるみるうちに、鮮やかな淡いブルーに染まっていく。その色はなんともいえないやさしい色だ。

「——あらま」

ハルが口元をゆるめる。

「え、なんで？」

典子が驚きの声を上げる。

真芽は香りを逃さないように素早く蓋《ふた》をした。そのすがすがしい青は、やがて紫色に落ち着いていく。

「このハーブティーはね、夏にこの庭で咲いたゼニアオイ、マロウの花を乾燥させたものを使ったんだよ。もちろん無農薬。神経をしずめる効果や、喉や胃腸にいいらしい。成分には、アントシアニンが含まれているの。さらにね——」

真芽は庭に生《な》った青いレモンを採ってきて手早くナイフでカットし、再び注目を集める。紫色のハーブティーをカップに注ぎ、そこにレモン汁を絞って垂らす。すると今度は、紫色から、ピンク色へと変わった。

「手品みたいだね。これはお客さん呼べるわ」

樹里の言葉に、一同が笑いながらうなずく。

〝サプライズティー〟とも呼ばれるハーブティーのつくり方は、すべて遠藤君から教わった。初めて遠藤君が実演した際、あずきをはじめ、真芽やナスビーも歓声を上げた。植物をよく知る、彼ならではのカフェ・メニューのアイデアといえた。

「ところでさ」

真芽は以前から不思議に思っていたことを尋ねてみた。「ハルばあの、ハルって、どうしてカタカナなのかな？」

父も母も首をかしげた。

「――それはね」

とハルが口を開いた。「昔の名前だからよ。私が小さい頃は、カタカナの名前をけっこうつけたのね。でもね、カタカナの『ハル』を漢字に直せば、たぶん――」そう言って、関節がしっかりのびない人差し指をテーブルの上でゆっくり動かしてみせた。

それは、「春」という字だった。

「やっぱりそうだよね」

真芽は小さくうなずいた。「ハルばあは、三月生まれだもんね」

ティータイムの歓談のあとは、ハルと一緒に庭を散歩した。健一と典子、樹里も後ろに続いた。

遠藤君が丁寧に敷いてくれた段差のないレンガの小径《こみち》をハルは杖をついてゆっくり歩いた。十一月下旬の庭は、それほど華やかではないが、それでも花が咲いている。薄紫色のアザミ、水色を散らしたようなローズマリーの小花、かわいいピンクのヒメツルソバ、ツワブキの明るい黄色の花。

ハルは愛《いと》おしそうに眺め、指先でやさしく触れていく。

栗の木の前まで来たとき、「あら、やだ」とハルが声を漏らした。ちょうどハルの顔の位置くらいの高さ、栗の幹から生えているような錆《さ》びた鎖を見つめている。

「なんだこれ？」

樹里が言ったが、だれも答えられない。

するとハルが、ふっと笑い、思い出話をはじめたのだ。

健一が小さい頃、加賀清水の近くで子犬を拾ってきた。父、義一は反対したが、泣きながら飼いたいとせがむ息子に折れ、健一が犬の世話をすることを条件に飼うことを許した。そして休日に、義一が栗の木の下に犬小屋を建てた。犬の首輪につけた鎖は、いつも栗の根元に巻きつけておいたそうだ。

「じゃあ、その鎖が木の幹にめりこんで、こんな高さにまで上がっちゃったってわけ？」

真芽は目をまるくする。

「そういうことになるだろうね」とハルが答えた。

「じゃあこれって、あの〝ゴン〟をつないでいたリードの鎖なのか」

愛犬の名前を口にして驚く健一に、「あんたは飼う前だけ騒いで、お父さんが犬小屋を建てたら、犬の散歩にもろくに行かなかったけどね」とハルがあきれてみせ、笑いが起きた。

年月とは、あらゆるものを容易にのみこみ、あっけなくかたちを変えてしまう。そういうものかもしれない。

なぜハルの庭は、真芽が十数年ぶりに訪れたこの春、あんな惨状になってしまっていたのか。今ならわかる。庭にある木や花は、だれかひとりが楽しむために生えているわけじゃない。真芽たち家族がこの家を去り、ハルは夫を亡くした。この閉ざされた庭という空間に立つ者は、彼女以外にいなくなってしまった。年老いたハルには、もはや庭を美しく保つ理由も気力も、失われてしまっていたにちがいない。そんな孤独な暮らしのなかで、たとえ幻を見ようが、だれが責められるだろうか。

花壇に咲くビオラやマリーゴールド、ベランダに置かれたゼラニウムの鉢植え、畑の脇《わき》に立つひときわ背の高いヒマワリ。きっとだれかが最初に種をまくか、苗を植えたのだろう。しかしそれらの花は、だれかのために咲いているわけではない。見る者を選んだり、見返りを求めたりしない。けれどあたかも、自分のために健気《けなげ》に咲いてくれているように見える。人は花に惹《ひ》かれ、癒《い》やされ、ときに顔を上げる力を与えてもらう。だからこそ人は、花を愛《め》でるのではないだろうか。

「この庭は、もうあなたの庭ね」

ハルが真芽に向かってささやいた。「まめ子、ありがとうね。ここへ来て、いろんなことを思い出せたわ。これからは、あなたは、あなたの人生を生きてちょうだい」

その言葉は、やさしく真芽をつつみこんでくれた。

「――ハルばあ」

真芽は低い鼻先を高い空に向け、涙がこぼれないようにした。

「次にここへ来られるのは、春かしらね」

そう言い残し、祖母は静かに庭を去っていった。

二日後のことだった。

沈んだ声で母から電話があった。老健にもどったハルがトイレの際に尻《しり》もちをつき、病院に運ばれ、腰椎《ようつい》の圧迫骨折と診断された。ハルはそのまま入院。コルセットを装着してベッドの上で安静にしている保存療法が採られたそうだ。

その影響もあり、筋力が低下し、今までできた身のまわりのことが、うまくこなせなくなってしまった。そのせいか口数も少なくなった。運動機能だけでなく、認知機能の低下を抑えるリハビリもはじまったが、たとえば「春」「夏」「秋」「冬」の文字とイラストが描かれたカードをシャッフルしたあと、順番に並べる初歩的なゲームでさえ、できなくなってしまった。ハルは、雪だるまの描かれた「冬」のカードの次に、ヒマワリの咲く「夏」を選んだそうだ。

真芽が見舞いに顔を出しても反応は鈍く、どこか視点が定まらない。十分もすると、「もうお帰り」と口にする。その繰り返し。

約十カ月ぶりに家にもどり、カフェのテーブルから庭を眺めていたときの、冴《さ》え冴《ざ》えとした表情はもう見ることができなかった。思えばあの日のハルは、散り際《ぎわ》のバラの花のようにひときわ凛《りん》としていた。

自分というものは、自分の記憶の集積によってできている。そう考えると、記憶を失っていくことは、自分の一部をもぎとられていくことに等しい。未来が限られていると知る者には、それはなおさらせつない試練となるだろう。その辛《つら》さは真芽には想像すらできない。

それでも真芽は、あきらめたわけではなかった。

雨の上がった水曜日の午後、庭で遠藤君と話した。

ハルの様子に続いて、「オープンガーデン&カフェ　そらまめ」の今後についての相談をした。この家が売れたら店を閉店し、実家にもどることになりそうだとも伝えた。

遠藤君はバラの誘引に使うシュロ縄を左手にきつく巻きつけながら聞いていた。

会話に行き詰まった頃、生け垣の向こうからジローさんが声をかけてきた。話に加わってもらい、ことの成り行きを説明した。

「ところで、ハルさんはこの家を売ることを承知してるのかい？」

ジローさんは深くため息をついてから目を細めた。

病院に入院中のハルは老健にはもどらず、民間の施設に入る予定になっていると真芽は答えた。すでに良枝は、略して〝サ高住〟と呼ばれる、サービス付き高齢者向け住宅施設をあたりはじめていると先日聞いた。本人も家に帰るつもりはない、と口にしている。

「――そういうわけかい」

ジローさんは小さくうなずくと続けた。「じつはな、買い手が見つからず、この家を買ってくれないかと不動産業者から頼みこまれている。この家から国道に出るための私道が、私の持ちものだということもあってね」

そのことは最近になって知ったと、真芽は正直に答えた。

「昔の話だが、真芽さんのおじいさん、義一さんに私道を売ってほしいと頼まれたことがあった。先々のことを考えてのことだろう。できれば家を建て替えたい、とも言っとった。だが、そのとき私が高い値段をつけたせいか、私道はあきらめたようだ。その後、家の建て替えをせず、真芽さんたち家族は引っ越していった。当時は地価が騰《あ》がっていたこともある。だが本当のところ、私たち夫婦には子供もなく、あの頃妻は病気で療養中の身で、私は自分の人生を呪《のろ》うように生きていた。隣から聞こえてくる家族の明るい声が、ときに疎《うと》ましくさえ感じてしまった。今になって思えば、すまないことをした」

ジローさんは真芽に向かって頭を下げた。

「いえ、そんな」

恐縮した真芽は、黙っていたが、それが家の建て替えをしなかった理由とは思っていなかった。物事の理由というのは、なにかひとつだけが原因とは限らない。

高校生のとき、バスで老人に席を譲ろうとしてにらまれたときのことを不意に思い出した。人には、それぞれの境遇がある。年をとればからだの自由もきかなくなり、それこそもどかしい思いを抱え、日々を生きている。あのときの老人もそうだったのかもしれない。ふと、そう思えた。

「まあ、そのこともあって、私もいろいろ考えてみた」

ジローさんが縁側に腰かけ、庭を眺めながら話を継いだ。「今後もこの家には、私道の問題がつきまとうだろう。そもそもこの土地を義一さんに売ったのは、私だ。だから、売れずに困っているのであれば、自分で買いもどすことにしようと思う」

「それはありがたいです」

真芽はそう答えるしかなかった。

「とはいえ、次に、この家をどうするか考えにゃならん」

「どうする気ですか？」

遠藤君が静かに尋ねた。

「使わなければ、早晩家も庭もだめになる。そういうもんだ。ほったらかしにして倒壊する恐れのある空き家には、何倍もの税金がかかるようになるとも聞いてる。だもんで、早々に借り手を探さねばならん」

「人に貸すんですか？」

「ああ、そのつもりなんだが、この家の借り手はなかなかおらんだろう」

「かもしれないですね」

「――そこでだ」

ジローさんは恭《うやうや》しくニューヨークヤンキースの帽子を取って二人に向き直った。

「あんたら、引き続きこの家の世話をしてくれんか？」

「僕たちが、ですか？」

「あんたは花屋の息子だと聞いてるが、なかなかの腕前だ。真芽さんにしてもよく働く。でなくちゃ、あの野原みたいな庭が、こんなふうになるわけない」

「それはありがたいお言葉ですが」

真芽が言いかけたとき、「やらせてください」と遠藤君が身を乗りだした。

「え？」と真芽が見上げる。

「だが、金は払えん。私はこう見えても、近所でも有名なケチで通ってる。その代わり、あんたたち二人に、この家と私道を無料《ただ》で貸そう。じつはこの家の裏にある空き家、そこも私の持ちものなんだが、そっちも同じ条件で使ってもらってかまわない。ただしリフォームなどは自分たちですること。好きにしていい」

ジローさんの驚きの提案に、真芽は遠藤君と顔を見合わせた。

「できることなら私は、またあの、ほれ、木イチゴの入ったマドレーヌみたいな……」

「マフィンです」と遠藤君がすかさず言った。

「――そう。あのマフィンをこの庭でみんなと食べたい。それに畑でつくった無農薬の野菜を、ここへ来る子供たちに食べさせてやりたい。考えてみてくれんか」

ジローさんは帽子を頭にもどすと縁側から腰を上げ、隣の庭へ帰っていった。

こぼれ種から勝手に生えた庭の万両、その赤く熟した実を狙《ねら》ってオナガがやって来た。腹を満たして飛び立ったオナガは、どこかの家の庭に舞い下り、〝お土産〟を落とすことだろう。

十二月に入り、人生の岐路にいきなり立った真芽は、ひとつの大きな選択を下し、舵《かじ》を切った。パートとして働いていたケアセンター「あすなろの里」の正社員への誘いを丁重に断ると、来年の春からは週末だけでなく、平日にもカフェの営業をすることに決めたのだ。

ハルの家を買ったジローさんからそのまま家を借り受け、裏の空き家も手入れをして使わせてもらうことにした。どんなかたちであれ、これでハルの庭が残せる。

その決断に至るには、思いがけない提案が真芽の背中を押してくれた。ジローさんの所有する家の庭の手入れを引き受けた遠藤君が、カフェの一角で季節の花苗を販売させてほしい、ぜひここで花屋を再開させたい、と言い出したのだ。

地元でも評判の高かった遠藤生花店の復活、となれば、カフェの集客にも期待ができそうだ。とても素敵なアイデアだと真芽は思ったし、ジローさんもナスビーも賛成してくれた。興奮気味のナスビーからは、だったらこの際店の名前は、「オープンガーデン＆カフェ　えんどうまめ」にしたらどうかと言われ、いささか焦《あせ》りはしたが……。

一年で最も昼が短く、夜が長くなる冬至の週末、裏の空き家に有志が集まり、庭と家の再生にとりかかった。その場には、ようやく仕事が見つかった父、そして母も駆けつけてくれた。

庭については遠藤君が指揮を執り、裏にある空き家のほうは樹里を頼りに、必要に応じて手を加えた。空き家の屋内の状態に大きな問題はなく、真芽は早々にこちらの家に移り住むつもりだ。

ジローさんの持ちものとなったハルの家は、これでカフェとして存分に使える。裏の家は部屋が余っているため、ナスビーが興味を示しているが、いろいろな使い途《みち》が考えられそうだ。遠藤君はまだ口には出さないが、自分にもその権利があることを主張したいにちがいない。それに万が一ということもある。希望は捨てず、いつでもハルがもどって来られるように、一階の南向きの部屋を空けておくつもりだ。

真芽はカフェのリフォームを思案中。バリアフリーを進め、庭に面したおひとりさま用のカウンター席を設けたい。古いトイレには手を入れ、化粧室とする。キッチンのシンクは二層式に変えよう。肝心のメニューについては、スイーツ限定だったものを見直し、高齢者や子供向けの食事の充実を図り、お持ち帰り用のお弁当や惣菜《そうざい》にも力を入れるプランを立てている。

オープンガーデンの手入れにも引き続き力を入れている。「庭は生き物であり、完成はない」と遠藤君は真顔で言う。たしかにその通りだろう。ほっぺたを赤くしたあずきにも手伝ってもらい、落ち葉をかき集め、堆肥《たいひ》づくりにも挑戦中だ。隣のジローさんは、子供に無料で食べさせる野菜をたくさんつくると意気ごみ、連日鍬《くわ》を手に、菜園を拡《ひろ》げている。

殺風景だった国道への出入り口には、季節の花を寄せ植えにしたプランターと一緒に、道行くお年寄りが休息できるよう、「オープンガーデン＆カフェ　そらまめ」の看板付きのベンチを置くことにした。

カフェへと続く路地には、アイアンのアーチを並べてトンネルをつくり、そこへバラを誘引することに決めた。遠藤君が選んでくれた品種は、四季咲き強健のつるバラ、羽衣。ハルが庭で育てようとした、鈴木省三作出のバラだ。

まだまだ寒い冬のあいだにやるべきことはあるし、やれることはある。多くのものを望めはしないが、たとえば道端のアスファルトの隙間《すきま》に咲く花のように、与えられた場所で、あるものを生かし、ないものは求めず、生きるために深く根を張ろう。幸せという花は、どんな場所にでも咲かせることができる、と信じて――。

この庭に、多くの人が集うように。

季節の花々が、心を癒やせるように。

一杯のあたたかいコーヒーが、ひと皿のスイーツが、少しでもお腹《なか》を満たせるように。

たとえ記憶が失われていこうとも、その思い出をだれかが忘れずに語り継げるように。

やがて訪れる春、のために。

参考文献

『『成田参詣記』を歩く』川田　壽　著（崙書房出版）
『歩いてみよう　志津　史跡・いまむかし』宮武　孝吉　著（大空社出版）

解説

岩田徹

いわた書店は、北海道砂川《すながわ》市にあります。商圏人口は少なく、お店には広い売り場も駐車場もない。店頭在庫も少なく、人員も足りない小さな書店では、大きなもうけを出すのはもちろん、店を維持していくことすら難しい。僕は１９９０年に父親の跡を継いで店主となりましたが、経営は苦しくなる一方でした。

この書店を続けていくにはどうしたらいいのだろう……悩んだ末にたどり着いた答えが、お客さん一人一人に寄り添って本を紹介してあげる事でした。こうして始まったのが、僕のお薦めの本を一万円分選んでお届けする「一万円選書」です。ただし、初めの七年間は鳴かず飛ばず。店の経営は厳しく、あと半年ほどで閉店かと覚悟を決めました。

そんなある日、「一万円選書」が深夜番組で紹介され、ネット上で話題となりました。そして注文が殺到し、以来、途切れることなく注文をいただいています。自分自身の読書経験の中から振り絞るようにして本を選ぶ「一万円選書」を編み出したときには、「僕にでもできる事」が見つかったと思っていました。それが、長く続けていくうちに「僕だからできる事」になり、ついには「僕にしかできない事」とまで言われるようになりました。

一万円選書を選ぶときに欠かせないのが、お客さんに書いてもらっている「選書カルテ」です。

「これまでに読まれた本で印象に残っている本BEST20をお教え下さい」「これまでの人生でうれしかった事、苦しかった事等を書き出してみてください」「何歳のときのじぶんが好きですか？」「あなたにとって幸福とは何ですか？」などの質問に答えてもらうというもので、僕はこのカルテを通し、お客さんの人となりを知ろうとします。そして、一人一人の姿を想像し、ウンウンと唸《うな》りながら、その人に読んでもらいたいオーダーメイドの選書をしていきます。

ある30代女性から送られてきた選書カルテをご紹介しましょう。このカルテは、新型コロナウイルスによる緊急事態宣言下、移動が制限されている時期に送られてきたものです。

北海道出身の彼女は、関東圏で契約社員として働いているそうで、現在は一人暮らしをしています。「一番したいこと」という質問には、「北海道に帰って、家族や地元の友だちとコロナ以前のような時間を過ごすこと」と答えていました。そして、「何でもいいから書いてください」の欄には、10代の夏、実家の庭での父親とのほのぼのとした思い出が書かれていました。

そんな彼女に向けて選んだのが、はらだみずきさんの『やがて訪れる春のために』です。お客さんから送られてくるカルテを見ていると「遠く離れた家族に寄せる想《おも》い」が伝わってくることがあります。こんなカルテに出会うたび、僕はこの本を選びます。

初めてこの本を見たとき、なんてステキなタイトルなんだろうと思いました。一人暮らしのハルは、ある日転んで大腿骨《だいたいこつ》を折り、入院してしまいます。孫娘の真芽《まめ》が見舞いに行くと、自宅の庭が心配だから見にいってほしいという。真芽がしぶしぶと行ってみたら、花が咲き誇った庭は荒れ果てて、家の中もゴミ屋敷のようになっていました。

家族は、ハルの認知症を心配して施設に入れますが、真芽は元気をなくしていく祖母の様子に心を痛めます。そして、なんとかハルが家に戻ってこられるよう庭の手入れをし、部屋を片付け始めます。

初めのうち、僕は真芽の視点からこの物語を読んでいたのですが、しだいに祖母のハルのことが気になってきました。

「忘れる」という誰にでも起こることが「認知症の症状」だと言われると、年を重ねてきた僕はドキドキしてしまいます。一方ハルは「だれだって忘れることはあるでしょ」と答えます。そして、彼女の「忘れたくて忘れるわけじゃないのよ。私のことを、勝手に決めないでほしい。ふつうにしてほしいだけなの」というセリフは、とても胸に響きます。

ハルのことが気になったのは、僕自身にも孫がいて、ハルの立場と自分を重ね合わせてしまったということもあるでしょう。

実は去年、小学生の孫からこんな事を言われました。

「じいちゃん、ロシアって核、撃つの？　そしたら僕たち死んじゃうの？」

これには言葉に詰まりました。新型コロナのせいで、この子たちは小学校に入ってからずっとマスクで黙食です。嫌になるほどおとなしくいうことを聞いてきて、そして戦争です。テレビでは、恐ろしい情景が延々と映し出されています。皆が我慢を強いられているこんな時にこそ、子どもたちは見ています。おとなたちが何を考え、何をしようとしているか。

年をとると、若いころのようにはできないことが増えてきます。だからこそ、残された命を存分に使い切って生きればいい。もうボケて役に立たなくなっちゃって、施設にでも入れなきゃと思われていた年寄りが、その力を振り絞って命を使い切ろうとする。最後に自分がやりたい事をできる範囲で、自分にできる最善のやりかたでやればいい。そんな姿を見せることこそが、子や孫たちの世代へのパスだと思うのです。この本の中で、孫の真芽は「今の私には、今の私にできることしかできない」と考えるに至ります。祖母のハルの姿が、真芽にはしっかりと見えていたはずです。

子供や孫が大きく「成長」するという事は、自身が「老化」するという事です。あんなに賑《にぎ》やかだった家から、子や孫たちは一人ずつ巣立っていき、別の場所に家族をこしらえます。実家には年老いた夫婦が残され、ついには一人だけの時間がやってきます。

人生を四季にたとえるならば、この境遇はたしかに「冬」かもしれません。でも、雪の下には、春の芽吹きを待つ種がじっと身を潜ませているはずです。ハルには、そして真芽にはどんな春が訪れるのでしょうか。

この本に描かれているのは冬の最中、冬至までです。でも僕はこう思うのです。冬の寒さが厳しくて、長ければ長いほど「やがて訪れる春」は、素晴らしいものになるはずだ、と。

（二〇二三年四月、「いわた書店」店主）

この作品は二〇二〇年九月新潮社より刊行された。

やがて訪《おとず》れる春《はる》のために

新潮文庫　は - 71 - 2

令和五年六月一日発行
令和六年六月二十日四刷

著者　はらだみずき
発行者　佐藤隆信
発行所　株式会社新潮社
郵便番号　一六二―八七一一
東京都新宿区矢来町七一
電話　編集部(〇三)三二六六―五四四〇
　　　読者係(〇三)三二六六―五一一一
https://www.shinchosha.co.jp

価格はカバーに表示してあります。

印刷・錦明印刷株式会社　製本・錦明印刷株式会社

ISBN978-4-10-121382-8 C0193